高子[illegible]

走南闯北 吃东西

高文麒
著

金城出版社 GOLD WALL PRESS
西苑出版社 XIYUAN PUBLISHING HOUSE

图书在版编目（CIP）数据

走南闯北吃东西 / 高文麒著．—北京：金城出版社有限公司，2024.1（2024.3重印）
ISBN 978-7-5155-2531-0

Ⅰ.①走… Ⅱ.①高… Ⅲ.①小品文－作品集－中国－当代 Ⅳ.①I267.3

中国国家版本馆CIP数据核字（2023）第197511号

走南闯北吃东西
ZOUNANCHUANGBEI CHI DONGXI

作　　者　高文麒
责任编辑　许　姗
责任校对　岳　伟
责任印制　李仕杰
开　　本　880毫米×1230毫米　1/32
印　　张　8.5
字　　数　143千字
版　　次　2024年1月第1版
印　　次　2024年3月第3次印刷
印　　刷　鑫艺佳利（天津）印刷有限公司
书　　号　ISBN 978-7-5155-2531-0
定　　价　60.00元

出版发行　**金城出版社有限公司**　北京市朝阳区利泽东二路3号　100102
发 行 部　（010）84254364
编 辑 部　（010）84250838
总 编 室　（010）64228516
网　　址　http://www.jccb.com.cn
电子邮箱　jinchengchuban@163.com
法律顾问　北京植德律师事务所　18911105819

序言

PREFACE

跟着老高吃东西

“一二三四五六七，跟着老高吃东西。”

视频里的老高，胡子拉碴，满脸诚恳，一副老式眼镜架在鼻梁上，目光透过镜片折射出来。更大的亮点在头上，扎一条枣红色的头巾，或戴一顶灰色的棒球帽——唔，估计这家伙的头发并不比我多几根。老高天天在路上，仿佛从大宋的汴梁披一路风霜雪雨而来，转眼又顶着烈日奔波于上海、北京、广州、成都、长沙、福州的大街小巷、河埠桥头。寒往暑来、柳绿桃红，他依旧精神饱满，胃口极好。

他说：“健康的不太好吃，好吃的都不太健康。”

他说：“这个你们都别吃了，我统统打包。”

他说：“就像家里的东西，特别好吃，特别亲切。”

他说：“请重要的客人吃饭要去熟悉的餐厅，遇到不熟悉的餐厅要跟着熟人去。”

老高探店，金碧辉煌的大饭店要去，传说中的苍蝇馆子也要去。他坐在路边摊上，表情舒坦，虚化的背景里有追风而去的快递小哥或不急不缓的市民。他一出镜就掏出结账单，坦然报价，这表明了一种态度——公正、客观、直率。自己结账，谁也不欠谁，说好说歹都理直气壮，百无禁忌。在众口铄金的年代，人们追着他的视频看，然后踩着他的脚印去尝试，评论圈里鲜有吐槽。

不过要是有饭店栽在他手里，短期之内恐怕很难翻身。所以有人用一句话来形容饭店与他的关系：怕他不来，又怕他乱来。

认识老高差不多有二十年了，由沪上美食家江礼旸先生引荐，在八万人体育场里吃了一顿鸿瑞兴的面。那会儿他是“康师傅”的文化顾问，同时还在编辑一份学术水准相当高的内部刊物，约我稿件，我必须认真对待。老高生于台湾花莲，学术背景是辅仁大学哲学硕士、美国斯坦福大学哲学研究所研究员——这里我插一句，在我结交的新老朋友中，读哲学专业而后进入食品行业的还真不少，莫非形而上的“无用之学”，最终落实到形而下的物质生活就特别能出成果?

此前，老高出版过《文化中国》《面食文化探索》《魅力城市》《食乐指南》等三十余本书；还做过电视台策划、主持、顾问，台湾诚品书店总管理处经理，等等。作家、出版家、经理人、高参，老高可谓是一个行动派“斜杠青年”。

突然有一天，老高拍拍肩上的浮尘，一跃而下海，在北京开了一家面馆，还玩起谐音梗，名曰“痴面馆”。这家店从专心做面出发，致力于研究中国的面条文化，再身体力行地涉足面条行业，每次的角色转换，都是对北方小麦文化的致敬。

我听说他曾经在西安足足待了十天，目的只有一个，用味蕾考察西安的面。一日三顿，一顿三碗，十天之内吃了九十一种面，我在震惊之余，也不知他胖了几斤。

痴心无悔的匠心精神与一丝不苟的职业操守，是老高卓尔不群的关键。面馆规模不大，品种丰富多样，担担面、臊子面、裤带面、刀削面、牛肉面、麻油鸡面的点单率都很高，连老北京的炸酱面都有。底汤够味，面条筋道，使得痴面馆跻身“京城最受欢迎的十五家私房面馆”之列。

为了模仿人工揉面的效果，他还费了很大劲从日本搬来一台揉面机，揉面的速度降下来了，生产成本却上去了。在追求高效的时代背景下，这样做显然不符合效率至上的原则。

有一次，我在报纸上看到一条新闻：高文麒每天在自己的面馆里为流浪者预留十份免费午餐。代价不大，但这份为弱势群体着想的情怀让人感动。

我在上海为他叫好，不过又有点担忧：这样一来，赚钱就难了。

在他北上开面馆的时候，我们相忘于江湖。我在惦记他的时候，不知道他有没有想到我。有一次，我在电视节目里见到他，这是一个与面条之类的美食单项评比有关的节目。高评委的头上一如既往地扎一条暗花头巾，胡子拉碴，出语爽快，宛如一位梁山好汉。

当然，有趣的灵魂总是会在一起的。与老高重逢，是他南下“魔都”的2018年。他与朋友合伙开了一家“专门吃饭”的饭店，名字就叫“嗑米”，地点在南京西路茂名路口的丰盛里。我不敢问他，京城的那几年折腾，面馆是盈还是亏？

理想主义者老高，经营思路跟一般人很是不同。在许多生意人眼里，文化这东西赛过衣服，想用的时候拿来套上，不用了就脱下一扔。他不，他是将文化作为灵魂来注入企业文化、贯穿经营业务的。这家名叫“嗑米”的饭店是一家真正意义上的饭店，以米饭为宗旨，以传播稻米文化为使命，以一碗做到极致的好饭为核心竞争力。

焕然一新的丰盛里，新式石库门房子风格，红砖墙，清水泥门框，木质百叶窗将阳光挡在外面，楼梯引人向上，室外还有一溜自带阳伞的餐桌，正虚席以待。底楼店堂中央，本色松木格子里展示了十二种大米。布幌中央一个大大的“米”字，是老高认准的图腾。

为了寻找最合适炊饭的大米，老高与合伙人从五十多种优质大米中精选出七八种：京西、越光、增城丝苗、七星、生拔等。

老高甚至搞来了传说中的京西大米，这种大米在中国大米谱系中是非同寻常的存在。据说康熙皇帝南巡时发现了这个优良品种，遂从江南移种至北京颐和园后面玉泉山下的六百亩御田。经过康熙、雍正、乾隆三代努力，引种成功的这个早稻就叫“胭脂稻”，但产量有限，仅供内府专享。现在这块地处海淀区上庄镇附近的御田成了国家非物质农业文化遗产公园的一部分，集多方之力培育出的“京西稻一号”，与紫禁城里的“胭脂稻”相比，色泽与口感都要好很多。

袁枚在《随园食单》里说：“饭者，百味之本。善煮饭者，虽煮如蒸，依旧颗粒分明，入口软糯……往往见富贵人家，讲菜不讲饭。逐末忘本，真为可笑……饭之甘，在百味之上；知味者，遇好饭不必用菜。”

但是开在丰盛里的米饭专卖店，光卖白饭，不出一个月肯定亏到破产。所以老高也研发出一套套配饭菜：盐烤五花肉、海胆刺身、伊比利亚火腿卷芦笋、鱼子酱海胆刺身、烤乌鱼子、法式嫩煎鹅肝、秘制秃黄油、咖喱牛肉、黑蒜牛肉饼、烤三文鱼头、椒香鳗鱼等，都是一碗优质米饭的灵魂伴侣。许多畏惧碳水化合物的女孩，在老高那里吃过一碗饭后，毅然改变瘦身计划，开始摄入碳水化合物。

“吃饭大业”按照老高和他合伙人的美妙思路进行着，然而“嗑米”还没让人嗑出点味儿来，就因故黯然谢幕了。

最近，“打不死”的老高又出镜了，只是换了个平台，换了一种表现形式，不变的是他弘扬中国饮食文化的初心：一二三四五六七……

现在，老高的新书要出版了，书名与他的为人一样素白，为方便读者阅读，姑且分作“人间至味”“地方风味”“四时有味”“浅谈洋味”四辑，属于美食随笔风格，闲云野鹤，悠然自得，吃到什么就写什么。老高暂时还没有写史、写记、写传的野心，随性地写与读显得更加轻松，像探店回来与老朋友在大树下喝壶茶，拉拉家常，讲讲历史，聊聊名人逸闻逸事、异乡见闻。

网络时代，美食写作几乎是一种没有门槛的表达，写在菜单边上，甚至连笔也不用，直接录音后转成文字，配上图片就能赢得一片点赞。其实，点击率的背后，一半靠美化后失真的图片，一半靠碎片化时代接收信息的粗疏与浅显，这几乎就成了对博大精深的中华文化的亵渎，至少是大不敬。美食大国的确立，需要良好、健康、令人信服的文化环境。

老高是个诚实人，他写美食文章是下功夫的，不单凭见闻，更要到现场，亲口尝尝美食的滋味，然后阅史、考证、分析、验准，絮絮道来，循序而进。他重在讲述美食与大自然的关系，强调美食的“在地性”和“演变史”；重在讲述美食与时代发展的关系，强调美食呈现要与时俱进，物流、烹饪、审美变化、消费者心理及口味等诸般因素都要体现在一菜一羹之中。所以他的美食文章总是那么有滋有味、有理有据、有情有义，在字里行间透露出学者的严谨与美食侦探的热情。

我与老高相处的时间不多，属于那种遥相呼应、一见如故，得缘相聚便可一壶喝到黎明，但“自君别后”又不妨相忘于江湖的朋友，所以在读他的书稿时，仿佛看到他就在面前，分明听见了他侃侃而谈的语气和不脱台湾同胞腔调的话音。

老高在《京味儿十足炸酱面》里说：“对我来说，西安就是羊肉泡馍，上海就是开洋葱油拌面，济南就是九转肥肠，黄山就是臭鳜鱼，广州就是烧鹅，台湾就是卤肉饭，而北京就是炸酱面！您要是向我问路，我给您的参考坐标肯定是各种餐厅，没办法，这就是我记路线的方法，只认得各种大小餐馆。”

老高爱品鉴美食，爱研究历史，更乐意用一颗火热的中国心去感受天南地北的风土人情、时代风云！他吃到哪里，写到哪里，就成了哪里的老百姓。

沈嘉禄序于癸卯年中秋佳节

目录 CONTENTS

辑一 人间至味

辑二 地方风味

辑三 四时有味

辑四

浅谈洋味

辑一

人间至味

京味儿十足炸酱面

我虽然常住北京，但因为工作关系经常出差，有时候一离开北京就是大半个月。有趣的是，我是土生土长的台湾人，但是每当我长期在外出差，想念老家口味时，第一个出现在脑海的竟然是北京炸酱面，台湾卤肉饭不过排名第二。正因如此，我每次回到北京，第一件事，就是吃碗炸酱面。传统的北京炸酱面，外地还是比较难吃到！

我是个靠味觉记忆的人，食物、味道是我最直接、最强烈的记忆点。对我来说，西安就是羊肉泡馍，上海就是开洋葱油拌面，济南就是九转肥肠，黄山就是臭鳜鱼，广州就是烧鹅，台湾就是卤肉饭，而北京就是炸酱面！您要是向我问路，我给您的参考坐标肯定是各种餐厅，没办法，这就是我记路线的方法，只认得各种大小餐馆。

在北京，炸酱面是最贴近平民百姓的食物，也是最能反映北京烹调风格的食物。北京烹调源自鲁菜的悠久传统，擅长用酱，讲究“味重咸香”，呈现敦厚朴实的风格。一碗酱香四溢、筋道十足的炸酱面，毫无保留地散发着纯正“京味儿”。

不仅北京人，估计大多数北方人都爱吃炸酱面，不分春夏秋冬，不论男女老幼，简便快捷，丰俭由人。炸酱面的洒脱畅快，似乎更适合北方人豪爽的个性。

但是，看起来大气的炸酱面，细微之处可不平常。一般而言，面跟卤必须匹配，清爽的卤配细面，浓重的卤就得配粗面，在味道、口感上才能相得益彰。

炸酱面的面条，必须是略粗的手擀面，这种传统北方面条比南方面条更扎实、有嚼劲且爽口，配上浓郁的炸酱特别好吃，而且面条最好现做现吃，酱浓面筋道，才能呈现炸酱面的十足魅力。

不仅面条有讲究，煮面也有讲究。煮面的锅要汤宽水深，水要大滚才能下面条，这使得面条下锅之后，锅里开水的温度不至于一下子下降太多，水温要是下降得太快，面条泡在锅里的时间就会太长，面条容易糟，吃起来不清爽。

煮好的面还有名堂，有些人喜欢面条更清爽有嚼劲，从锅里捞起来的面要过一下冷水，让面条因为快速降温而更有弹性、同时洗掉外表的面糊，让口感更清爽，这有个专有名词叫作“过水”。

如果是直接出锅的则叫作“锅挑”。过水之后面是凉的，但是更劲道，更清爽。锅挑的面是热的，且比较绵软。一般夏天吃过水，冬天吃锅挑；年轻人喜欢过水，老年人喜欢锅挑。您要是问我喜欢哪一种？我喜欢过温水。既要有弹性，还得保留点温度，有点温度炸酱比较容易拌开。

日本的乌冬面也是同样的处理方式，切好的乌冬面得先煮熟，然后放在流动的清水里漂洗，还得轻轻地搓洗，把面条略糊的表面洗干净，然后装碗冷藏。热食则下锅快速复热，冷食就直接上桌。

另一个主角就是酱，酱才是炸酱面的灵魂！因为拌面的酱得用大量的油炒制，接近于炸，所以才叫炸酱面。在北京，酱家家会炸，各有巧妙不同，最好吃的炸酱面永远是家里那一碗！

炸酱得用北方的黄酱，加上带肥的猪肉丁、葱花、蒜末、糖、大料。首先要把买来的干黄酱加水均匀澥开，有人喜欢加一点面酱也没毛病。别做太多，炸酱讲究“小碗干炸”，现炸现吃，风味最佳。曾经跟好几个北京朋友探讨过酱的处理方法，有些朋友喜欢加蜂蜜，有些朋友喜欢先把酱蒸熟，各有各的诀窍，其实都无所谓，您自个儿吃着合口味，吃着舒畅就行！

我炸酱是直接用生酱，先爆香葱蒜末，锅里油要多一点，再把切成丁的肉块煸出油，炒到八成熟，加入澥好的黄酱，这时候得改小火“熘酱”，不停地翻炒推拌免得糊底，酱的香气炒出来之后还得不停翻炒，直到酱与油完全融合，您以为这就完成了？早着呢！接着熘，直到酱里的油再度分离出来，这时候酱里的水汽完全去除，最后撒上一把生葱蒜末，搅拌均匀，炸酱才算大功告成！选对材料，工夫到家的炸酱，哪怕搁凉了，还是酱香扑鼻。

吃炸酱面除了面条、炸酱之外，还要加上菜码，也就是各种搭配的蔬菜，一般得四种菜码，豪华点六种。没有菜码，只浇炸酱的叫“光棍面”，属于上不了台面的粗吃法。

常见的菜码不外乎绿豆芽、黄瓜丝、萝卜丝。菜码里用的可不是白萝卜、胡萝卜，而是绿皮红心的“心里美”萝卜。讲究点的加上煮熟的黄豆、切碎的芹菜丁、青蒜碎，春天还会加一点香椿芽。面筋道、酱香浓，多来点蔬菜，不仅提高了口感、味道的层次，而且吃得更健康。

讲究的人家，不仅菜码的种类讲究，各种蔬菜的处理也有讲究。豆芽得掐头去尾，叫作“掐菜”；“心里美”萝卜要削掉绿色的外皮只留下红色的萝卜心；不用蒜瓣，得用剪碎的蒜芽……当然，您也可以随心所欲，就图吃得舒坦。

有人形容北京人吃炸酱面，蹲坐在门洞里，端着一大海碗，指缝里夹着根黄瓜，一口面一口黄瓜。差点把我笑翻，过去赶大车的才这么吃，北京家庭特别讲究礼数，这种吃法绝无可能！谁家孩子这么吃饭，肯定得挨揍。

还有位所谓的北京民俗专家，说清朝宫廷吃炸酱面，得要十三种菜码，原因是清朝有十三太保，以及玲珑宝塔十三层，奇想怪论差点没把我给噎着！

话说回来，清朝皇家御膳里上过炸酱面吗？正经的膳食录里没有炸酱面的记载，不过民间倒有个传说。据说以抠门闻名的道光皇帝，曾经破例以一碗炸酱面给皇后过生日，龙袍里打补丁的皇帝，请吃炸酱面也算是阔气了一把。这是道听途说，没凭没据，您听了一乐就完了。

故事讲完，炸酱面也来了。

炸酱面端上桌，五颜六色的菜码铺在面条上，红、白、青、黄、绿，特别赏心悦目，炸酱装在小碗里单上。因为黄酱本身咸，炸出来的酱也咸，您得斟酌着加，菜码则不嫌多，往往菜码的分量跟面条不相上下。再浇一点点高醋，拌匀了，这就是北京最有烟火气的平民美食。我喜欢剥两瓣蒜，炸酱面就着蒜，别提有多美了！

菜当三分粮，辣椒当衣裳

我能吃辣，但是，麻辣火锅我没兴趣！吃麻辣火锅纯粹是陪吃性质。

一直到疫情突然降临，当时我在南京过春节，大年初三一大早赶回上海，就给封在了家里。就是在那一段时光里，冰箱里成都朋友送的火锅底料，让我对麻辣火锅有了全新评价，原来这种麻辣刺激的浓烈味道，是这么开胃！回过头来想想，也难怪它能风行大江南北！

疫情反扑时，我在北京，第一件事就是要成都哥们儿，赶紧快递几包火锅底料。同时也买了几盒日式咖喱块，是的，咖喱也很开胃，而且是我喜欢的食物。咖喱我得单独写一篇，这回先聊聊麻辣火锅。

麻辣火锅的起源，各方观点不一，有一种说法是，大约在清道光年间，麻辣火锅发源于长江之滨的泸州小米滩。炊具是一只瓦罐，罐中盛汤，加入各种蔬菜，再添加辣椒、花椒祛湿，并且有“菜当三分粮，辣椒当衣裳”之说。

当时重庆是长江水路交通的水旱码头，这种吃法沿江而下传至重庆后，码头上的挑夫就跑到杀牛场，捡一些被抛弃的牛内脏，主要是毛肚，洗净之后切成小块，放进瓦罐里同煮，大家都觉得非常美味，既能吃饱，又能驱寒。于是就有人干脆挑担子做起生意，一头放些牛杂、小菜，一头放炉子，用一口分格的洋铁盆放在炉子上，盆内热着麻辣咸香的汤底，在河边、桥头叫卖。于是这些船工、挑夫再也不自己煮了，每个人认定一格，即烫即吃。

直到民国初年，有人把它搬进了小饭店，依旧是小火炉，只是把铁盆换成了赤铜小锅，蘸汁由食客自行调配，慢慢地，这种小饭店越开越多，重庆对岸江北的小街上几乎全是。

火锅最早的记载，出现于南宋理宗淳祐年间，距今大约七百多年，晋江人林洪写的一本食谱，叫作《山家清供》，收录了以山野蔬菜、水果、鸡、鸭、羊、鱼、虾、蟹等为主要食材的食品，记录了名称、食材，以及简单的烹调说明，内容丰富，涉猎广泛。

《山家清供》里有一则记载:“向游武夷六曲，访止止师，遇雪天，得一兔，无庖人可制。师云:‘山间只用薄批，酒、酱、椒料沃之，以风炉安座上、用水少半铫，候汤响一杯后，各分以箸，令自筴入汤摆熟，啖之乃随意各以汁供。’因用其法，不独易行，且有团圞热暖之乐。越五、六年，来京师，乃复于杨泳斋伯岩席上见此，恍然去武夷如隔一世。杨勋家，嗜古学而清苦者，宜此山家之趣。因诗之:‘浪涌晴江雪，风翻晚照霞。’末云:‘醉忆山中味，都忘贵客来。’”

仔细看看林洪的记载，这道“拨霞供”应该就是涮兔肉，这是目前我所查到，最早关于火锅的记载。

咱们回过头来继续说麻辣火锅。也有专家认为四川的麻辣火锅，应该源自产井盐的自贡，因为当地井盐场，大量运用牛作为生产动力，许多老死、病死的牛，就成盐场工人的肉食来源。

自清朝雍正、乾隆时期，自贡盐场一带就有类似麻辣火锅的“焖锅牛下水”。自贡大量的汤锅馆，很可能就有类似麻辣火锅的汤锅。而且盐场里生产用牛的数量庞大，牛肉来源充足，因而成为川菜中牛肉菜的大本营。水煮牛肉、火边子牛肉、菊花牛肉火锅、火爆黄喉、牛头汤、牛尾汤等都源于自贡。所以自贡的麻辣火锅可能早于小米滩和重庆。

不管源自哪里，麻辣火锅成为四川美食的一大派系，并且名扬海外、广受欢迎却是毋庸置疑。

传统麻辣火锅以毛肚为主，火锅里的食材都是牛身上的肝、心、舌、背柳肉片、血旺，再加上莲白、蒜苗、葱节、豌豆尖等素菜。发展到今天已经是锅纳百川，选料包罗万象，家禽、水产、野味、动物内脏、各类蔬菜和干鲜菌菇，都可以煮进锅里。汤底也由传统的红汤发展到鸳鸯、海鲜、药膳，等等。同时也出现了全牛锅、全羊锅、鱼头锅、菌菇锅、粥底锅和冷锅、串串锅，等等，眼花缭乱，美不胜收。

吃火锅最重要的是要掌握涮、烫、煮之法，一般来说，质地嫩脆，转瞬即熟的食材如鹅肠、腰片、肝片、豌豆苗等适合“涮”；而毛肚、郡肝、牛肉片等质地稍密，要“烫”一会儿，汤汁沸腾、油脂充足时最适合涮烫；像耗儿鱼、肉丸、香菇等质地紧密的食材，必须经过长时间加热才能食用，就适合先投入汤中煮熟。

麻辣火锅传入成都之后，被成都人改良得更加细致，成都的麻辣火锅成为餐馆中的主角。而在重庆，火锅始终是市井小民的最爱，一到下午四五点，整个重庆弥漫着麻辣火锅的香气。食客不仅冬天吃火锅，更顶着七月骄阳围坐在火锅边，面对熊熊炭火，翻滚汤汁，在炉火熏烤中汗流浃背，举杯交箸，吃得兴起时赤膊挥汗上阵。重庆人吃火锅的豪迈与气势，当属全国第一！

故乡的牛肉面

老家花莲是台湾东部濒临太平洋的安静小城镇，小到什么程度？踩着自行车就能走个遍。通常，这种安静的小城镇，都有一座木制火车站，老家也不例外，不过花莲在台湾东部算是比较大一点的小城镇，所以火车站也略大一点，站前还有个小环岛。记忆中这座环岛曾经是一座喷水池，不知什么时候，水池被填平，改成了花圃。

穿过花圃的右前方，背对车站，有一排门面房，其中有一家牛肉面馆。应该是老家当年第一家，也是唯一一家牛肉面馆。我此生品尝的第一碗牛肉面，就在这家低矮的小面馆。有一次家父路过站前环岛，发现了这家牛肉面馆，于是周末带着家母与我们兄妹仨，出来打牙祭。

家祖母在世的时候，家里不让吃牛肉，祖母不吃，也不让我们吃。老一辈的观念里，吃牛肉伤阴德，牛是耕田、拉车的劳力，就像家里的工人，不是一般家畜。就算牛老了、病了，拉不动犁、拉不动车了，念在任劳任怨一辈子的分上，主人有义务养它到寿终正寝，绝没有宰了吃掉的道理。即便再怎么向祖母说明，这是黄牛，不是耕田拉车的水牛，这些牛就像鸡鸭猪羊一样，是养来食用的，家祖母还是坚持己见，不管黄牛水牛，只要是牛就不能吃。

我国的很多农业地带，向来也有不吃牛肉的习惯。所以传统中餐里的禽畜类菜肴，大多数是鸡鸭猪羊，牛肉比较少见。就我个人的理解，中餐里的牛肉菜，应该起源于四川自贡。自贡是井盐产区，从井里汲取盐卤的汲水泵，都靠牛来拉动，每个矿场都饲养大批拉汲水泵的黄牛，这些牛病死或老死后，就成为盐工们的蛋白质来源，因此传统中餐里的牛肉菜，大多源自川菜体系。现而今当然很多烹调体系里都有牛肉菜，包括台南著名的早点，就有牛肉汤配油条，但这都是肉用牛普及后的事。

老家站前环岛的那家牛肉面馆，估计早就不见踪影，自从到台北读高中之后，再也没去过。后来家父身体欠安，举家迁回台北，人生第一碗牛肉面，从此只能梦里相见。说来奇怪，当年那一口牛肉汤的味道，我始终记得。现在我做的牛肉面，水平早就高过它许多，但就是调不出当年那一口味道。

来到台北之后，陆陆续续也尝过不少牛肉面，早期台北著名的牛肉面馆聚集地——桃源街，虽然牛肉面馆扎堆，但口味大同小异，没有特别出彩的店。南门市场二楼的无名牛肉面馆，咖喱刀削牛肉面算是看家招牌，当时第一次发现这种新口味，虽然加了咖喱，但它融合了清炖牛肉与咖喱两种风味，相当出彩，让我印象深刻。

另一家让我念念不忘的牛肉面馆，位于台北火车站附近，名字已经记不清了。我读的高中在台北市北边，每天得在这儿倒车上下学，这家牛肉面馆就在公交车站旁边。第一个给我留下深刻印象的是酸菜，他家卖红烧牛肉面，小小的店面，只有四张桌，每张桌上都摆着一罐酸菜任客人自取，这就是台湾酸菜牛肉面的由来，不是牛肉跟酸菜一起炖，只是在红烧牛肉面里加酸菜。因为酸菜炒得实在好吃，我一个人一碗面，干掉了一罐酸菜。第二次登门光顾，老板等我坐定，赶紧换了桌上的酸菜罐，这一罐里只有平常四分之一的酸菜。还有他家的牛肉烩饭，用的就是红烧牛肉面的汤料，基本只是把面换成饭，后来我做牛肉汤泡饭的灵感就来自他家。

今天赫赫有名的永康公园牛肉面，是我上大学之后的事。当年创始人在世的时候，这家店真牛，公园边上支个天棚，基本是路边摊的架势，店里就老人自己，加上一位收碗洗碗的阿姨，顾客自己到摊子边点菜，自己把钱丢进篓子里，一会儿自己端面。老人有事就停业，没买到好材料也停业，从不预告，摊子上也没有电话。后来挣了钱，在附近租了门面，一年之后，房东看老人卖牛肉面真挣钱，就要调高房租，他二话不说，搬回公园边上的老地盘，继续摆摊。

记得是表哥带我去的，虽然我读哲学系，但总是跟体育系的同学一起打英式橄榄球，胃口好、饭量大，当老人问我要大碗、中碗，还是小碗。我毫不犹豫就要了大碗，老人瞄了我一眼，欲言又止，还是给我做了个大碗，自己去端面的时候我就知道草率了，大碗足足有小脸盆大，满满当当差不多有一斤半的面条，加上牛肉、蔬菜，肯定不少于两斤。此后我永远点小碗，中碗都不敢尝试。

永康公园牛肉面，应该是第一家全部用腱子肉的牛肉面馆，汤是一锅出的汤，不像其他牛肉面馆分成味汤与高汤。大块牛肉，汤汁醇厚，真的是“汤鲜味好肉大块”。老人过世之后这家店还在，只是搬到附近租了门面，口味大致还保留着原本的味道，是我每次回台北必去的牛肉面馆。

还有一家也在永康公园附近，叫老张牛肉面，这家虽然知名度不算太高，但它是番茄牛肉面的鼻祖！自从台北连续举办几届“国际牛肉面节”之后。牛肉面俨然成为台北美食的代表，百花齐放，万家争鸣！林东方、金生隆、洪师傅、段纯真等名店纷纷崛起，十分热闹，将台湾牛肉面推到了一个新高度。

我心里一直有个疑问，不少台湾牛肉面标榜自己是“川味”，明明是台湾牛肉面，为何叫川味牛肉面？

这个问题搁在心里好些年，最终得到一个相对靠谱的答案。台湾牛肉面应该是当年撤退到台湾的四川籍老兵发明的，撤退来台的士官们，经常能收到配发的牛肉罐头，可是这种西餐风味的罐头确实不怎么好吃，所以老士官们都囤积了不少。

当年台湾没有辣椒，一些四川籍官兵，自己带了辣椒种子，试着在高雄岗山种辣椒、做豆瓣酱，做出来的豆瓣酱当然不是郫县豆瓣酱的味道，但还差强人意，于是他们就试着拿这种豆瓣酱跟罐头牛肉搁一块儿炖，居然味道还行，煮点面条拌一拌，还能解一点乡愁。后来，这一批老士官退役之后，有人干脆摆起摊子卖牛肉面，当然这时已经不再用罐头牛肉，而是用新鲜黄牛肉，但还是用豆瓣酱，所以称为“川味”。

当年试做豆瓣酱的老兵们，后来注册了一家公司，生产豆瓣酱、辣椒酱，叫作“明德岗山豆瓣酱”，一直延续到今天。现在有不少品牌都做岗山豆瓣酱，但还是明德的豆瓣酱，味道最正！

这种川味牛肉面也不难做，最基本的做法是将牛肉切大块，在加了葱姜酒的开水里焯过，捞起洗干净。起油锅，爆香葱姜蒜，然后把牛肉跟豆瓣酱放进去翻炒，香味炒出来之后加牛骨高汤，然后再加酱油、糖、盐调好咸淡。接着放砂锅里烧开，小火慢慢炖煮，估计两三个小时就行了。

当年，台式川味牛肉面，抚慰了许多离乡背井之人的乡愁；今天，它反过来抚慰了我的乡愁！

鸡可食，不可失

这些年，三杯鸡、盐酥鸡、卤肉饭、台湾烤肠，随处可见，几乎成了台湾风味的代表。但是除了三杯鸡之外，其他都属于小吃，搞得好像台湾风味只有小吃，没有大菜似的。

没错，台湾小吃知名度高，三十年前，我在旧金山读书的时候，伯克利大学对面就有一家很受欢迎的台湾卤肉饭，店里外国人总是比中国人多。但是，这不表示台湾只有小吃。台菜源自闽菜，近百年的发展，由于历史因素，融入了一部分西式烹调手法，以及一部分日料调味手法，使得台菜别具一格。源自闽菜的五柳鱼、枸杞炖鳗鱼、红蟳米糕，加入日料元素的乌鱼子、味噌烤银鳕鱼，等等，都是台菜宴席上的珍馐，近年来鱼子酱、伊比利亚火腿、黑松露等食材纷纷跃上菜单，越发显得热闹非凡！

我常常说的一个观念：在今天交通、运输，加上电商如此发达的时代，食材是全世界通用的，各种材料、各种调味料，几乎都能买到。那么，究竟是什么因素，使得意大利菜、法国菜、日料、泰国菜、中国菜等菜系，各有不同的特色？其实就在于味型，也就是调味料的运用。比方说鸡肉，这种食材几乎遍布世界各地，加上咖喱就成了印度菜；加上红酒、法式香料，就成为法式红酒炖鸡；细密分切之后成串炭烤，就成为日式烧鸟；加上酱油、酒、芝麻油烧煮就成了中式三杯鸡。

就从三杯鸡开始，聊聊台湾风味中的鸡肉。

“三杯”这种独特的调味手法，其实不属于闽菜系统，它是江西的传统风味，差别在于江西的三杯菜都辣，爆炸级的辣！而台湾同胞大多数吃不了辣，因此就把它改造成不辣的菜。没想到随着台菜的传播，三杯鸡竟然成为台菜的代表作之一。您要是问我，三杯鸡在什么时候传入台湾的什么地方？请恕我才疏学浅，这我真没研究。说实话，要不是为了定制餐具，去了一趟江西景德镇，在那儿吃到变态辣版的三杯鸡，我还认为三杯鸡真是传统台菜呢！

我当年向一位台菜老师傅请教三杯鸡的做法，还闹出个笑话。老师傅告诉我，一杯酒、一杯酱油、一杯芝麻油，于是我在家照着做，孝敬老妈。没想到，出品非常油，惨无人道的油！而且咸！家母尝了一口，面有难色，一言不发进厨房又炒了两道菜。于是我把这个情况告诉老师傅，他听了我的投诉，哈哈大笑，一边笑一边说："确定是三杯没错，但是得分大杯小杯！"经过这次教训，此后任何食谱、秘方，我都会自己合计合计，或多或少做一些调整。真是尽信书不如无书，经验与试错还是很重要的！

做三杯鸡有什么秘诀吗？其实并没有，先用芝麻油，小杯，这回我记住了，炒香姜片与大蒜瓣，然后翻炒鸡肉，直到鸡肉表面变白，然后淋米酒，快速翻炒，再加入热水，用酱油、糖调味。盖上盖，大火烧开后转小火咕嘟。火候足时他自美，最后撒一大把九层塔，再闷一下即可。有人说九层塔是三杯鸡的灵魂，我完全同意，没有九层塔的三杯鸡就不正宗。

但是三杯这种做法确实在台湾大放异彩，不仅三杯鸡，几乎可以三杯一切，比方说素的有三杯杏鲍菇，荤的有三杯中卷，等等。

除了三杯鸡，盐酥鸡更是红遍大街小巷。您要是在外卖平台搜"盐酥鸡"，能划拉出来一大把！可惜的是大多数盐酥鸡都太高级了，真正盐酥鸡的地位，约略等于东北烤鸡架，材料也别无二致！

台湾盐酥鸡，最初就是为了不浪费食材，一只鸡把鸡胸肉、鸡腿、鸡翅、鸡爪、鸡屁股取下来，别笑，鸡屁股真的可以单独成为一种食材，炸、烤皆宜。一只鸡分切完，剩下的鸡架子上多少还有点肉，食之无味，弃之可惜，干脆剁成小块，略微腌制，裹上红薯粉，炸酥了下酒。

味道调得好，炸得透的盐酥鸡，确实好吃，而且吃了一块还想再来一块，骨边肉啃起来比鸡腿还香，非常适合配啤酒。因为受欢迎，所以一个摊子做、两个摊子做，没几年就遍布大街小巷。

竞争开始激烈，产品就必须升级，于是出现了用鸡胸肉制作的无骨盐酥鸡，一开始还挺新鲜，后来我觉得还不如啃骨边肉。但是无骨盐酥鸡已经占领市场，所以传统盐酥鸡几乎销声匿迹。最近，某些商家把鸡肉碎重新塑形的鸡米花也当成盐酥鸡来卖，我就无言以对了！

台菜中常见的几种鸡肉菜里，源自闽菜的传统台菜“麻油鸡”是我最喜欢的一道。这是一道汤菜，实际上南方各地都有类似的菜品，只是名称不同，但用途大同小异。麻油鸡在闽南传统中，是产后妇女坐月子的必点爆款！闽台叫麻油鸡，也叫

“鸡酒”。

因为这道菜广受欢迎，于是就从“坐月子吃”的菜，演变成“过日子”的菜。不分场合，随时都有得吃。不过说来也奇怪，也就是街边小店、夜市摊子上卖麻油鸡，甚至有少数主打麻油鸡的小店，但正规台菜餐厅里却非常少见。家母有个习惯，只要家里吃油饭，必定搭配麻油鸡，以至于我见到油饭就想到麻油鸡，见到麻油鸡就想到油饭。后来我开始研究各地饮食文化，发现这种搭配不无道理，闽南人，孩子满月得炒油饭馈赠亲朋好友，麻油鸡是坐月子的汤品，两者确实有那么一点关联。附带说一句，一般情况下，收到油饭的时候，如果里头附带两个染红的带壳煮鸡蛋，那就是弄璋之喜，没有，就是生了个女娃！

我做麻油鸡倒是有个不传之秘，能够让这道汤，比一般的更浓厚鲜美，您甭问我！既然是不传之秘，当然就不能在这里公开。倒是有个可传之秘，跟各位分享，麻油鸡的材料中，老姜和芝麻油按中医食理来说，都是“热性”食物，适合秋冬季食用，春夏季这道菜确实太过燥热。老祖宗“食必以时”的教诲，还是有其道理！

烤鸭飘香六百年

每个城市都有自己的饮食文化，也有些自己的代表风味，比方说台湾的乌鱼子、红蟳米糕；上海的水笋烧肉、虾籽乌参；南京的盐水鸭、鸭血粉丝；成都的开水白菜、麻婆豆腐。

当然，北京也有自己的饮食体系与代表风味，就如卤煮、爆肚、涮羊肉、北京烤鸭……

以我个人的看法，真要选出一道代表北京的名菜，唯有北京烤鸭当之无愧！北京烤鸭的来源，应该是明成祖迁都北京时，由南京传到北京的“焖炉烤鸭”。

迁都可不比搬家，是个庞大的工程。首先要鼓励农民迁往北京附近开垦，种植粮食，然后调派大批工匠来到北京，开始建造城池、宫殿、官舍；同时也得鼓励各种商人到北京做生意，发展商业，慢慢把边疆之地改造成繁荣的城市，然后皇帝与文武百官才从南京迁到北京。明成祖迁都，从决定迁都到完成，一共耗时二十年。

从史料记载看来，北京烤鸭就是这二十年之间，随着北迁的厨师来到北京，所以早年它不叫北京烤鸭，而是被称为金陵烧鸭，也就可以理解了。但有件事我还是百思不解，几百年来，北京人除了烤鸭，几乎不吃其他的鸭子菜。为什么会形成这样的饮食习惯？我始终没弄明白。

明末文人杂记《菊隐记闻》里记载："前门桥东，陈内官家首饰；双塔寺，李家冠帽；大栅栏，宋家靴；顺成门大街，刘家冷淘面；米市口，便宜坊烤鸭，皆著名一时。"北京烤鸭虽然是从南京传过来的，但是在明朝万历年间，内监刘若愚的《酌中志》里已经把它列为北京本地菜。

便宜坊是北京少数保持传统焖炉烤鸭厨艺的老店，凭着一道焖炉烤鸭，造就了便宜坊接近六百年的惊人历史！便宜坊名气虽然略逊于全聚德，但是焖炉烤鸭比明炉烤鸭更有特色，难度也更高。

焖炉也称为地炉，炉身以砖、土砌成，大小约一立方米。焖烤鸭子之前，先用高粱秆、玉米秆生火，将炉膛内的温度烧到合适，然后将火源移出，再将收拾好的鸭子挂进去，炉门严密封紧。让鸭子在高温炉里慢慢焖烤。焖炉用的是暗火，难度高，厨师必须掌握好炉内的温度。挂炉用的是明火烧烤，师傅看得见鸭子，相对容易掌握一些。

焖炉烤有其讲究，师傅对于炉膛温度的掌控得靠经验，温度太低烤不熟，温度太高又怕烤焦，近年来改用电焖炉，就相对简单一点。焖炉由于烤的时候不见明火，炉门密封，焖烤过程受热均匀，使得油脂和水分消耗降低，鸭子烤成之后色泽红亮，皮酥肉嫩，水分不流失，风味更加浓郁。

米市口便宜坊创业于明朝永乐年间，鲜鱼口便宜坊则创业于清咸丰五年。根据清朝文人笔记《都门琐记》记载，当时的宴会“席之必以全鸭为主菜，著名为便宜坊”。当年便宜坊并不是餐厅，而是盒子铺，也就是熟食店，因为各种肉类熟食切好了之后，装在分隔的盒子里外卖或外送，所以叫作盒子铺。

从军阀混战至抗日战争时期，米市口便宜坊逐渐没落，而鲜鱼口便宜坊则走上了繁荣之路，不仅在崇文门外大街开设了新店，同时经营山东风味菜肴，尤其运用鸭舌、鸭掌、鸭肠、鸭胗、鸭肝、鸭翅膀、鸭心制作的全鸭席更是便宜坊的另一特色。例如芫爆鸭四宝、金鱼鸭掌、双作鸭心卷、果仁鸭肝等都是当年便宜坊的代表作。一家烤鸭店能够维持六百多年，也算是全球餐饮史上罕见的纪录。

第一次品尝焖炉烤鸭时，我还在读小学，当时根本不知道什么是焖炉。因为姑婆生日，叫了餐厅出外烩，在家里宴请亲朋好友，父母亲带着我参加。

我看到厨师蹲在花园的角落里不知道在干什么，于是就凑过去看热闹，原来他正用砖块和湿泥挨着围墙边砌小炉子，就像小时候我们在田里烤红薯的土窑。当时年纪小，也不懂厨师为什么要堆土窑。直到在北京尝过焖炉烤鸭，并在大师傅解说下，了解它的完整烹饪方法，才解开我多年的疑惑。

另一派烤鸭则是以全聚德为代表的挂炉烤鸭。挂炉烤，也叫明火烤，砌这个烤炉可是技术活，鸭子挂在炉膛里，但是果木生的火堆可是在炉口，炉膛内侧得是圆弧顶，让炉口明火的热度可以在炉膛内侧均匀循环。鸭子挂进去，热度得平均分布。鸭子才能烤得均匀。烤鸭炉每天歇灶之后得清洁，小徒弟得等温度降下来，拿着抹布爬进去，里里外外擦拭干净，高温狭小的空间里汗流浃背，真是个辛苦活。

据说全聚德创始人杨全仁早年经营生鸡生鸭，积累资本后创办了烤鸭店，聘请曾在御膳房当差的烧烤师傅，用宫廷里明炉烧烤的技法来烤鸭子。

无论焖炉烤还是挂炉烤，讲究的烤鸭店，鸭子得选用北京填鸭，肉实膘足，口感特别醇厚。鸭子不开膛，只在身上开个小洞，把内脏拿出来，收拾干净之后得拿吹针吹气，让鸭子皮肉分离，再浇上糖水，给鸭皮上色，然后晾干，最后还得通过鸭身上的小孔往鸭膛里灌开水，然后扎紧了再进烤炉，这样烤出来的鸭子等于是内蒸外烤，鸭肉才不会又干又柴。挂炉烤，过去讲究用枣树、梨树等果树的木材生火，烤出来的鸭子带着果木香。

今天为了保护环境，明炉、焖炉都还保存着，但是已经不允许烧木材烤鸭子，基本上都是电炉。虽然没有以前那种诱人的果木香，但北京烤鸭的皮酥脆，肉嫩滑，香飘满座，还是让无数食客垂涎三尺！

南京极品盐水鸭

前两年我到南京采访，主编要求必须介绍南京的特色美食盐水鸭，接到这个题目我心里就嘀咕，虽然在传媒行业工作多年，码字是基本功夫，可是不喜欢的东西，怎么也写不出感情，否则就只有匠气。

小时候总觉得盐水鸭并不好吃，因为我家附近有一家熟食店，叫“东门鸭庄”，店里卖盐水鸭、板鸭、酱鸭等鸭货，也号称南京盐水鸭，家母偶尔会买半只回家当一道菜，但我始终不爱吃，总觉得盐水鸭既咸且柴，一点也不香，而且肉质还糙。这个刻板印象直到南京之行后，才完全改观！

其实这种状况也不是第一次，十多年来，因为工作的缘故奔走国内外，顺道探寻美食的经验告诉我，哪怕是品尝当地著名美食，也有可能翻车。比方说，到了北京，想尝尝北京烤鸭，还得看吃的是哪一家烤鸭，北京这么多卖烤鸭的餐厅，肯定良莠不齐，有时候名店、老店也不见得靠谱，网上的推荐就更不用说了，一旦选错地方，注定乘兴而往，败兴而归。到了当地尚且如此，在外地吃，踩雷的概率更高！于是留下了许多不好吃的记忆，事实上不见得不好吃，很可能只是没找对地方罢了！

那么，怎么挑选才能减少踩雷的概率呢？这里头水太深，牵连甚广，等我真退休那一天，再详细告诉你！现在只能说，问问当地人，年纪大一点的当地人！

奔赴南京之前，少不得复习一下功课。南京在中国烹饪地图上位置很特别，它邻近中国顶级烹调艺术——淮扬菜的发源地扬州，吸收了它彰显食材、助味无杂的基本精神。

况且历史上的南京，位于南北交会之地，六朝金粉、十里秦淮，向来是商贾云集的江南商业重镇。南宋乾道四年在南京设置江南贡院，南京更成为江南最大的科举考场，精英荟萃，文人雅士熙熙攘攘。在这样的地理、历史与经济条件孕育之下，南京的烹调博采南北风味，综合周边丰富的物产，饮食文化大有可观，号称“京苏大菜”。

不过南京菜之中最特别的还是“金陵鸭馔”，它不是一道菜，而是南京菜中所有鸭子菜肴的总称。

南京濒临长江、坐拥莫愁湖，气候水土极适合养鸭，连带着南京人也喜欢吃鸭子，北京路边的熟食摊，卖的大概率是酱牛肉、酱肘子、松仁小肚、松肉，等等，而南京街边熟食摊卖的则是各种鸭货。

南京厨师烹调鸭子的方式花样百出，板鸭、盐水鸭、烧鸭、酱鸭、香酥鸭、八宝葫芦鸭、鸭血粉丝、鸭油烧饼，等等，都是各具特色的珍馐美味。

在南京吃了几天，发现南京人吃鸭子确实讲究，不仅吃鸭子看季节，烹调方法也得看季节！春季吃春板鸭和烧鸭，夏季以琵琶鸭煨汤祛暑清热，秋季才是盐水鸭的季节，冬季则吃腊板鸭。我在当地老饕带领下遍尝南京各种鸭肴，吃惊的是，让我印象深刻，堪称鸭中极品的，竟然是过去不太欣赏的盐水鸭。南京的盐水鸭与台北的盐水鸭真是一个天上、一个地下，完全不是一码事。

地道的南京盐水鸭讲究新鲜，当天做当天吃。所以交通不便的时代，盐水鸭很难带到外地，不如能够存放的南京板鸭，也就使得南京板鸭的全国知名度高于盐水鸭。

虽然南京一年四季都有盐水鸭，还是以每年中秋前后，鸭子肉实膘足时制作的盐水鸭，色、香、味最为出色。因为在丹桂飘香时节制作，所以中秋前后的盐水鸭也被称为“桂花鸭”。

清朝南京人张通之的《白门食谱》中记载:“金陵八月时节，盐水鸭最著名，人人以为肉内有桂花香也。”虽然我没有吃出桂花的清香，但是浅棕色细腻的鸭皮，油润光洁有如羊脂，鸭肉呈淡淡粉红色，不干不柴，入口粉嫩腴爽，幽香扑鼻，确实是难得的珍馐美味，不愧为金陵八大名菜之一。不过今天“桂花鸭”已经被注册成商品名称，也就跟季节没太大关系了。

听老师傅说，要做第一流的盐水鸭，从养鸭开始就有讲究，环境要山清水秀，饲养过程也有明确要求。选用的鸭子，宰杀后重量要在三斤八两到四斤之间，而且表皮不能有破损、瘀血、斑疖。

制作时首先用热盐炒花椒，然后用热花椒盐把收拾干净的鸭子内外擦遍，腌制两小时之后，放进老卤里浸泡二至四小时，浸泡时间随季节而定，全凭老师傅的经验，之后取出过风吹干，最后滚水烫熟、改刀装盘。各家盐水鸭味道的差异，就在于各家卤水的不同配方。

金陵饭店的梅苑餐厅甚至专门为制作盐水鸭，建造了一座常年维持 4°C的低温厨房，由经验丰富的老师傅调制卤水，制作盐水鸭。也就难怪梅苑的盐水鸭确实极为出色。

相较于北京烤鸭、广州烧鸭、江西莲花血鸭、四川樟茶鸭和台湾当归鸭等各地鸭肴，南京盐水鸭少了一点厚实，却多了一份清雅，鸭肉嫩中带粉，椒香、卤香完全沁进肉里，入口酥腴细嫩而不失弹性。先是淡淡的咸与花椒香，接着散发出鸭肉独特的鲜甜，与鸭油、卤汁的综合香气，层次丰富且恰如其分。

知道我爱吃这口，这两年每到入秋，南京的朋友总会给我快递盐水鸭，虽然盛情可感，然而，盐水鸭还是得到南京吃，才有现做现吃那种无可取代的风味。说真的，就这口盐水鸭，哪怕专程跑一趟南京也值回票价！

持螯把酒大闸蟹

“举杯邀明月，对影成三人”，几乎每个人都知道，这两句诗来自李白的《月下独酌》，但是各位可能没留意过“蟹螯即金液，糟丘是蓬莱”，这两句也来自李白。他一共写了四首《月下独酌》，这四句分别属于其中两首。

花间一壶酒，独酌无相亲。
举杯邀明月，对影成三人。
月既不解饮，影徒随我身。
暂伴月将影，行乐须及春。
我歌月徘徊，我舞影零乱。
醒时同交欢，醉后各分散。
永结无情游，相期邈云汉。

这首是其中最有名的。

穷愁千万端，美酒三百杯。
愁多酒虽少，酒倾愁不来。
所以知酒圣，酒酣心自开。
辞粟卧首阳，屡空饥颜回。
当代不乐饮，虚名安用哉。
蟹螯即金液，糟丘是蓬莱，
且须饮美酒，乘月醉高台。

这首知道的人就比较少了，不过这首却是唐诗中少数提到螃蟹，特别是喝酒吃螃蟹的作品。今天我们就来说说螃蟹中的大闸蟹！

大闸蟹学名中华绒螯蟹，是一种分布范围广泛的河蟹，北起辽河、南至珠江都有它的踪迹。台湾也有，我老家有一条入海的无名小溪，溪里就有，可惜长不大，鲜是够鲜，就是个头小，不解馋，吃起来太费劲。

各地的中华绒螯蟹之中，以长江水系产量最大，味道最鲜美。一般而言大闸蟹是指长江水系下游的中华绒螯蟹。过去大闸蟹在长江口近海产苗，长成幼蟹后，逆长江洄游，生长在长江下游一带的湖河港汊中。现在各大湖区都有养殖，但还是以苏州阳澄湖大闸蟹名气最大。其实好蟹未必只有阳澄湖，江苏一带湖泊所产都还不错！

为什么叫作大闸蟹？据说是因为捕蟹者夜间在港湾里安置竹编成的闸，点一盏灯火，蟹见到火光，就会爬上竹闸。捕蟹者在闸上捕捉，捕捉到的蟹就被称为闸蟹，其中个头大的就被称为大闸蟹。也有一种说法是，苏州方言里，下锅汆煮一下，称为“煠一煠”，所以因煮蟹的方法而得名。

以螃蟹来说，河蟹与海蟹各有所长，难分胜负，但河蟹还是以大闸蟹为上品。吃蟹的行家认为大闸蟹除了鲜美之外，可以品尝出六种味道：蟹膏一味，蟹黄一味，蟹子一味；蟹肉分为三味：大腿，纤维短而细，味同干贝，小腿，纤维长且细，嫩美如银鱼，蟹身洁白晶莹，胜似白鱼。

我是海边长大的孩子，老家就是个渔商兼用的小港口，从小就吃海蟹，所以我还是比较喜欢海蟹。不管花蟹、三眼、黄油蟹，还是红蟳都喜欢，海蟹个头大肉多，吃起来比大闸蟹更有满足感。

中国吃蟹文化，在明清时期发展到极致，明清时期文人雅士赏菊、吟诗、品蟹、饮酒时，有一整套吃蟹的专用工具，俗称“蟹八件”。据说最初发明这套工具的是明朝苏州人曹书，为了吃蟹方便，他创造了锤、刀、钳三件工具来对付硬壳，后来逐渐发展成八件。包括小方垫、腰圆锤、长柄斧、长柄叉、圆头剪、镊子、钎子、小匙，分别具有垫、敲、劈、叉、剪、夹、剔、盛的功能。

这些食蟹工具一般以黄铜制成，考究的则用银制，工艺极为精巧。一般我们掰开就口，图个舒坦快意那算是“武吃”。使用这些特殊工具，慢条斯理地品尝，则叫“文吃”。我曾经见过文吃高手，吃完一只蟹之后竟然还能把整只蟹壳摆回原状，这位高手在台湾旅游业赫赫有名，他就是当年台北丽池酒店的总经理严长寿先生。

豪迈得令人发指的吃法，我也有幸尝试过。某大酒厂招待，就在湖上坐船吃大闸蟹，掀开蟹壳，挑出蟹黄吃掉，蟹身左右一折，两边各啜一大口，只吃蟹黄、蟹膏，接着啜一口酒，这就算吃完一只蟹，接着再拿起一只如法炮制。那一晚究竟吃了几只，实在算不清。今天回想起来，真是暴殄天物。

我一向讨厌繁文缛节。优雅斯文的用餐，偶一为之尚可接受，经常如此就受不了。所以您知道，高档餐厅里慢条斯理的吃蟹，肯定不是我的风格。

吃得最尽兴的一次，是某年中秋，在武汉跟几个朋友一起过节，餐厅里论只卖的大闸蟹，我们跑到水产市场论斤买，提着一大袋螃蟹，找个小餐馆，给点钱请他们代加工。端着一大盘螃蟹，坐在马路边，持螯把酒赏车灯，开怀畅快，无论您怎么吃，都没各种异样眼光，更没有人挑剔指导。一转眼也过去十多年了。

挑选大闸蟹有点小技巧，农历八月左右，要挑肚脐圆形的雌蟹，重点是吃蟹黄。九月过后，要挑肚脐尖形的雄蟹，好吃的是蟹肉。挑选大闸蟹时，蟹壳要墨绿，蟹腿上的毛要密，色泽鲜明而有光泽，翻过来肚脐要白，而且要突出呈圆弧形，才是肥美多膏、蟹肉充盈的大闸蟹。将蟹翻转过来，能迅速弹转翻身的才是活力旺盛的上等好蟹。

挑好蟹之后，洗干净，将蟹盖朝下放在蒸笼里，上面铺几片姜、几张紫苏叶，蒸十五到二十分钟。千万别把绑螃蟹的绳子解开啊！螃蟹一旦逃脱束缚，绝对是一场大灾难。

蒸好了蟹，用一小碗米醋，加上适量的姜蓉，蟹性寒，必须以热性的姜来调和，把调味料调匀，就可以大快朵颐了。再温一壶陈年绍兴酒，持螯把酒，那种称心快意，只有自行领会，文字言辞实在难以形容！

台湾风味卤肉饭

写了十多年美食评论，其实写美食也是有套路的。首先，必须趁新鲜，当你初次尝到一种美味，必定会有各种惊喜、各种赞美，时间一久，那种新鲜感就没了，再硬着头皮写，肯定满篇匠气。但是，除非有交稿压力，我一般会隔天再写，如果第二天根本想不起来昨天吃了什么，那就说明不值得动笔。当然，前提是我不喝酒，不断片。

其次，多读唐诗宋词，丰富自己的辞藻，不要动不动就“入口即化”，您这是嘴，不是太上老君的炼丹炉！

所以，这篇卤肉饭对我来说特别难！难在哪儿？卤肉饭是老家最平常的食物，我已经吃了四十多年，不说成千上万，遍尝数百碗总是有的。特别是自己会做，能改良能创新，出自我手的卤肉饭也有七八种口味，要找到一碗让我惊艳的卤肉饭那是千难万难，在我眼里，能达到六十分的就不多见，而满大街都是不及格的。特别是绝大多数外卖的卤肉饭，没有最差，只有更差，有些跟卤肉饭都搭不上边！

不过，前些日子，有朋友问我，台湾的卤肉饭、肉臊饭、焢肉饭，究竟是什么关系？大哉问！那么就从这个问题谈起，先讲讲“卤肉”是什么。

台湾的卤肉，基本上等同于遍及全国的红烧肉，闽南话里，“卤”是把食材长时间浸在酱汁里加热入味，把切块的猪肉搁在酱汁里长时间加热让它入味，就是卤肉，由于酱汁基本就是酱油，所以叫他红烧肉也没毛病。只是过去闽菜传统用老抽上色，不炒糖色，所以颜色比较暗沉。

但是高级的卤肉，讲究用肥瘦相间的精五花肉，也叫硬肋五花肉，切成带皮带肥带瘦的一口大小，完成品就叫卤肉。如果不切成块，而是切成筷子粗细的肉条，做出来就是高级肉臊。用绞肉，也就是肉馅儿，做成的就是普通肉臊。

卤肉饭上头浇的不是整块的卤肉，而是肉臊。按理说应该叫肉臊饭才对，为什么叫卤肉饭？这就牵扯到台湾北部与台湾南部的不同语言习惯，台南一带遣词用字比较严谨，大多称它为肉臊饭，台北一带没那么讲究用词，就叫它卤肉饭，其实两者是同一碗饭。

那焢肉饭又是什么？这么说吧，焢肉饭既不切块，也不切条，它切片！一样带皮、肥瘦相间的精五花肉，切成片下锅卤，本质上它还是卤肉，但是盖在米饭上，它就叫焢肉饭，“焢”这个字指的就是小火慢炖。

看完以上的说明，您清楚了吗？卤肉、肉臊、焢肉，味道大同小异，只是肉的形态不一样。肉臊浇到米饭上叫卤肉饭，也叫肉臊饭，焢肉盖到米饭上就叫焢肉饭。至于有没有人把卤肉盖到米饭上？虽然少见，但个别地区还是有的，它也叫卤肉饭。

还有一个变种值得提一下，卤猪蹄盖到米饭上叫“猪蹄饭”，又叫“知高饭”，“知高”是闽南语发音直接写成文字，接近闽南语发音的“猪公”，意思就是公猪。

不管哪一种，它的味道都属于卤肉这个系统，卤肉是台湾风味里再平常不过的一道菜，做法非常简单。五花肉收拾干净，切大块，在滚开的热水里焯过，然后下锅，加上酱油、酒、糖、一点点花椒、大料或是五香粉、葱段、姜片、水，大火烧开小火焖煮。这道菜真没什么了不起，要说它有什么奥秘，就像苏东坡的名言道：“火候足时它自美。”说到底它就是各位都认识的红烧肉，只不过闽南人叫它卤肉罢了。

虽然卤肉家家会做，但各有巧妙，有些人喜欢加五香粉、有些人喜欢放青蒜、有些人喜欢多放点糖，于是家家户户的卤肉各有不同风味。

其实卤肉风味变化最主要的区别就是酱油跟酒，不同酱油形成不同的风味，别不信，不同的酱油烧久了之后，风味就是不一样。而不同的酒则赋予卤肉不同香气，传统台式卤肉必须用台湾米酒才能做出传统香味。绍酒、广东米酒、二锅头也行，只是香味不同。至于其他的香料那就各随所好了，但是我最讨厌五香粉，总觉得五香粉一加进去立马就平庸了，成了大路货，不是高级味道。

家父出身台北迪化街的商业家族，对饮食比较讲究，所以母亲做卤肉只下姜片、一点点花椒、大料去腥，不但不能烧出浓重的香料味，而且要烧煮到肉皮酥软垂坠、肥肉透光欲融才算合格。

吃卤肉的时候，父亲还喜欢蘸着油酥浒苔碎，口味浓郁的卤肉，特别是软糯入味的肉皮，蘸着先苦后甘的浒苔，解腻而且增添风味，小时候我尝不出它的美味，现在才明白这真是卤肉中的珍品。浒苔是闽南的叫法，其实就是宁波的苔条，这种食材是干货，买来之后，得浸泡在水里漂洗，一是去沙，二是脱盐，然后再焙干剁碎，轻油炒酥，要不然根本难以入口。

台湾风味的构成要素里有个特别的食材——红葱头。不是红洋葱，红葱头是绛红色，如同小姑娘拇指大小的葱，有点像单独一瓣的大蒜，也叫作“干葱”。这种葱的用法，除了爆香之外，就是剁碎熬葱油，熬完油的红葱碎，叫“油葱酥”，有一种特别的香味。通常肉臊出锅前我会趁热撒一把，搅拌均匀，让油葱酥受热，激发出独特的风味。

卤肉饭这道简单好吃的台湾美食，近年来大放异彩，可是我总觉得大多数卤肉饭味道差一大截，有机会您尝尝我做的卤肉饭，肯定让您耳目一新。

无肉令人瘦

宁可食无肉，不可居无竹；

无肉令人瘦，无竹令人俗。

人瘦尚可肥，士俗不可医；

旁人笑此言，似高还似痴。

若对此君仍大嚼，世间那有扬州鹤？

这首诗是中国历史上最受老百姓喜爱的大文学家——苏东坡的作品。

苏东坡是很多人的偶像，当然也是我的偶像之一，为什么说之一呢？因为我有五个偶像，分别是庄子、苏东坡、王守仁、弘一法师和林语堂。为什么会这么崇拜他们五位，以后有机会再细说，基本是因为他们每一位都有我所崇拜的特点，比方说，庄子的恢宏奔放、苏东坡的豁达坦率、王守仁的严谨务实、弘一法师的超凡脱俗、林语堂的诙谐幽默，并且这五位都是大文学家，我的文字给他们提鞋都不配。

回过头来咱们聊聊东坡先生。

苏东坡年轻的时候就已经名满天下，却因为反对王安石的新政而颠沛流离。幸而他淡泊旷达的天性，让他能够随遇而安，在艰难困苦的生活中，依旧能自得其乐，并留下了无数脍炙人口的作品。

开篇这一首《于潜僧绿筠轩》，使其个性跃然纸上。他不做作，不戴面具，是个有血有肉的凡夫俗子。历史上没几个大儒懂饮食，且敢谈饮食，老观念里“君子远庖厨”，谈论口腹之欲有失身份，更别说亲自下厨。

但是苏东坡从不掩饰。文人雅士对竹子的喜爱自古皆然，也只有苏东坡把竹子跟红烧肉相提并论！他从不讳言自己对美食的喜爱，并且留下了许多关于美食的作品。老实说，我觉得苏东坡笔下的美食，比他的诗词更有魅力！

他对美食具有独到的天赋，总是能在简单平凡中提炼出隽永的滋味，在他的描写下，简单的炖猪肉、蔬菜羹都成为有滋有味的美食。他自己也下厨烹调，简单的食材，在他的创意下，往往成为意想不到的美味。

苏东坡不仅文章写得好，诗词歌赋、书法、绘画样样精通。许多我们朗朗上口的名句，例如但愿人长久，千里共婵娟；天涯何处无芳草；人有悲欢离合，月有阴晴圆缺，都出自苏东坡的手笔。

不过，我印象最深的还是苏东坡描写美食、饮宴的作品，特别是他说明如何炖猪肉的诗！

“净洗铛，少着水，柴头罨烟焰不起，待它自熟莫催它，火候足时它自美；黄州好猪肉，价贱如泥土，贵者不肯吃，贫者不解煮，早晨起来打两碗，饱得自家君莫管。”

这首诗的题材前所未见，堪称奇葩！我觉得这根本就是以诗的体例写成的食谱。

一千多年前苏东坡写下《猪肉颂》，清楚地说明他炖猪肉的秘诀：干净的厨具，少放水，微火慢慢煨炖，不要急，等火候到家了，调味全部沁入猪肉里，酥软柔烂，腴而不腻，瘦而不柴，齿颊留香。

苏东坡因“乌台诗案”被贬到黄州担任团练副使，职位低下，待遇微薄。苏东坡便带领家人开垦城东的一块山坡地，种田贴补生计，“东坡居士”的别号是在这时候取的。这首著名的

《猪肉颂》就是描写他在黄州炖猪肉的作品。

今天做这道东坡肉，可比苏东坡当年讲究得多。首先要选择好猪肉，并不是所有的猪肉都能适合做东坡肉，必须选用上好的硬肋五花肉。肉要带皮，肥瘦相间，最好是肥瘦各半，或是稍微偏肥一点。

买来的猪肉收拾干净，切成十厘米大小的方块，放入滚水里烫三五分钟，定型并且煮出血水，然后分别绑起来，让它在烹调过程中不碎不散。

大砂锅底下铺上竹垫，将猪肉皮朝下放在竹垫上，然后下葱段、姜块，姜块必须去皮、拍松。加入少量冰糖，适量酱油、绍兴酒，适量水，盖上锅盖大火烧开。

烧开之后，密封锅盖边缝，改文火焖两小时左右。然后开盖，把猪肉翻面，继续密封焖煮，直到猪肉酥软。

再一次开盖，小心把肉取出来，装到小陶罐里，撇去锅里汤汁上的浮油，再将汤汁浇到小陶罐里。盖上小陶罐的盖子，放到蒸笼里蒸大约半小时。东坡肉就可以上桌了！

揭开盖，暗红如琥珀般的猪皮，在晶莹润泽半透明的肥膘上颤颤巍巍地晃动，馥郁鲜醇的酱香早已钻入鼻腔。筷子一夹，猪皮一划即断，肥膘入口即化，瘦肉润而不柴，咸甜适口，隐含酒香。此刻就缺一碗白米饭，没有米饭，荷叶夹子也行，再不济事，馒头也凑合！东坡肉的酱汁拌饭，堪称极品。东坡先生“早晨起来打两碗”，像我这种“首席干饭人”，别说两碗，一锅饭眨眼工夫就没了！

传说，苏东坡担任杭州太守的时候，动工疏浚西湖，由于朝廷拨下来的经费非常少，为了筹措工程费用，他不得不卖自己的字画来筹募资金。他的行为让杭州老百姓非常感动，工程开始之后，老百姓纷纷送来粮食、饮水，给疏浚西湖的民夫们食用，其中就有大批猪肉。所以苏东坡就把他在黄州炖猪肉的方法传授给民夫，让他们照着做。这道美味可口的炖猪肉，就这样在杭州流传下来。因为是苏东坡传授的方法，所以杭州老百姓就把它称作东坡肉。

其实东坡肉不难做，不过想做出一流的东坡肉，有几个诀窍，而且得有耐心。做这道菜要不怕麻烦。第一个秘诀就是拔猪毛，用小夹子把猪毛一根一根拔干净。如果用刀刮，或是用火烧，毛根会留在皮里，影响皮的口感；第二个秘诀是调味料必须一次加足，烹调过程中不能再加；第三，也是最重要的，就是火候，炖焖蒸结合必须掌握好火候，旺火煮沸，小火焖酥，再用旺火蒸到酥透，才能达到肉酥烂而形不变，油润不腻，入口香糯的要求。

东坡肉的汁烧笋干也非常好吃，我做东坡肉的时候，会多加一点水，就为了多一点汤汁烧笋干，不一起烧是因为那样肉里会有笋干的味道，就不是东坡肉了。不过今人有诗云：“无肉令人瘦，无竹令人俗，不瘦又不俗，餐餐笋烧肉”，笋肉同烧、不瘦不俗，东坡先生必定不会见怪。

三香碎金炒米饭

饭之甘，在百味之上；知味者，遇好饭不必用菜。

——袁枚《随园食单》

隋朝时期，隋炀帝尚食长谢枫所著的《食经》，开列了五十三道菜肴，其中就有“碎金饭”。据说是隋朝越国公杨素的发明，而且隋炀帝三幸扬州，碎金饭是他喜爱的食物之一。碎金饭，应该类似于今天的蛋炒饭。

今天的扬州炒饭，传说源自清朝嘉庆年间的扬州知府伊秉绶。伊大人经常在扬州官邸举行诗文酒会，用今天的话说，就是邀请制的私人派对，不过诗文酒会的档次比较高，文笔不好的可进不去，饮酒赋诗当然得有下酒之物，肚子饿了也得有点食物垫垫肚子，于是炒饭就成为酒会中常见的主食。

伊秉绶的家厨在蛋炒饭的基础上，加入虾仁、瘦肉丁、干贝、笋丁等配料，味美逾恒，这道炒饭成为伊大人派对的隐藏菜单，广受扬州文人雅士喜爱。后来伊秉绶丁父忧，回到福建汀州隐居，这种炒饭的做法随之传至闽粤等地，因为它来自扬州，于是就称它为“扬州炒饭”。

正宗的扬州炒饭，有“金裹银”“月牙白”“三香碎金”三种不同做法，这三种炒饭的方法，今天都还能见到，金裹银应该是看不到鸡蛋的蛋炒饭，类似广州炒饭的“金包银”；月牙白是仅用蛋白炒制的蛋炒饭，应该类似粤菜里的“瑶柱蛋白炒饭”；三香碎金则是用料最丰富讲究的，也是只有扬州才有的高级炒饭。金裹银、月牙白都好做，而最高级的三香碎金则是厨艺大考验！

做三香碎金炒饭必须准备的配料有干贝、乌参、湖虾仁、火腿、鸡腿、鲜笋、花菇、青豆等。这些配料先分别切成丁，其中湖虾仁要单独炒过，其他几种配料则入高汤烧入味。然后将鸡蛋入油锅翻炒，待蛋液在油锅里略为成形后，加入米饭、盐和葱花，大火翻炒。这当中要分两次将已经入味的配料和虾仁倒进锅里，最后起锅前再撒一点葱花。

扬州炒饭的八种配料，任何一种都比米饭名贵，但扬州炒饭的高明之处就在于用海参的软糯、干贝的鲜醇、湖虾的细嫩、冬笋的清香，把米饭衬托得淋漓尽致。烹饪之道也像中医一样，有“君臣佐使”的讲究。在传统扬州厨师看来，干贝、虾仁之类高级食材做得好吃，不算真本事，难就难在如何把简简单单的米饭做到极致。我的师傅一再教导我，高级食材做出高级味道是本分，普通食材做出高级味道才是本事，就是这个道理！

以这些配料来说，海参取乌参不取刺参，火腿取南腿不取北腿，虾仁取湖虾不取河虾，笋子取冬笋不取春笋。扬州炒饭，主角是饭，不管什么配料，最终都得为主角服务。

河虾仁的口感比湖虾仁更脆弹，但是在炒饭中，由于河虾仁无论味道还是口感都比米饭更为鲜明，所以做扬州炒饭时应该用湖虾仁，在味型上辅佐，而不能用河虾仁甜脆的味道喧宾夺主。这就是烹饪里“君臣佐使”的道理。

苏北的稻米分粳米和籼米，扬州炒饭取的是籼米。因为粳米外形圆润而口感黏糯，用于炒饭不易松散。籼米颀长，粒粒分明，更适合炒饭。

只要你用的是新米，淘洗、蒸熟之后自然油亮润泽。做炒饭的米饭要稍微硬一点，含水不足的饭直接吃当然太费劲，但是别忘了，最后还要炒。

炒饭时，先下蛋液，在蛋液未完全凝固时，将米饭倒下去翻炒，这时火要小，锅要热。慢慢将米饭炒松，只能翻、拌、压，千万不能切，饭粒切断的话，口感就不好了。米饭炒松之后改大火，把入好味的配料和着少量高汤，沿着锅边浇进去，高汤在高温下雾化，蒸熏之下略干的米饭正好补足水分。

扬州大厨会把这个过程分两三次完成：放一次料，颠锅，改小火焖一焖，再开大火放料，再颠锅，焖一焖。所有配料的鲜香才会与米饭浑然一体，简简单单的米饭会脱胎换骨，最终熬炼成粒粒干爽、颗颗弹牙、余味绵长的美味。

一碗油面度小月

早就记不得这辈子第一碗“担仔面”是什么时候吃的，小小一碗面，虽然吃不饱，但是香喷喷的肉臊、弹牙入味的卤蛋、飘着蒜香的虱目鱼丸、虾头、大骨吊的高汤，加上Q弹的油面，这一碗儿时的味道，始终难以忘怀。

诞生在台南的担仔面，可以说是最具有台湾特色的风味小吃之一。担仔面总是小小一碗，顶多也就二两面。这跟食量大小无关，小吃、点心本来就应该小巧精致，闽南俗语“吃巧不吃饱”“吃风味不吃粗饱”就是这个道理。

小时候听长辈说过，担仔面清朝末年就已经出现，最初只是台南一个肩挑的小担子，老板每天傍晚挑着小担子，在“水仙宫”前面的小广场摆摊，担子上挂着“度小月”的红底黑字灯笼，别的没有，只卖担仔面。当时也没多问，为什么店名叫度小月，又为什么叫担仔面？

后来才知道，度小月这个名字不仅有其特殊含义，而且反映着一方民生。原来，靠海的台南在清朝时期除了是台湾首府、商业重镇，附近也有很多捕鱼为生的渔民，闽南话称为“讨海人”。台湾四季如春，但是夏季多台风，海上风浪大，小渔船没办法出海捕鱼。渔民习惯把能捕鱼的月份称为“大月”，不能出海的月份就称为“小月”。

一到小月，渔民的生计就成了问题，大多数人必须打零工维持生活。台南附近有一位姓洪的渔民，从福建老家学会了制作肉臊的技术，每到小月，就挑着担子在台南水仙宫旁边卖肉臊面。卖面是为了度过不能出海的小月，所以就起了度小月这个名字，意思是度过小月。这种面本来并没有名字，因为挑着担子卖面，所以就被称为担仔面。

担仔面的特色，首先是小碗，碗虽小却不精，路边摊的平民吃食就是厚陶小碗，与香港大排档常见的鸡公碗神似。担仔面是下午的小吃点心，或晚上的夜宵，它不是正餐，纯粹是品尝它的独特风味，不以吃饱为目的，所以分量小巧为宜。

小陶碗里扣着一团浅黄色的细油面，周围的虾头高汤清澈且飘着点油花，浇上一勺熬炖到接近黑色的特制肉臊，加一小勺蒜泥，点一点乌醋，搁一只剥了壳的红甜虾，丰盛点再加个卤蛋或虱目鱼丸。担仔面的传统风格，至今仍然没有改变。

最重要的是肉臊，肉臊是担仔面风味的灵魂。担仔面的肉臊跟卤肉饭的肉臊类似，红葱头爆香，加入手切肉末，炒熟之后调味、加水，经过漫长的小火熬煮，直到味道完全沁进肉末里。但是担仔面的肉臊熬煮时间特别长，要一直熬到肥膘化尽，色泽黑亮、干香四溢才算合格。

度小月还有一个特色，小摊子上热着肉臊、口小腹大的陶锅，有个特别的名称，叫作“狗母锅”，前两年风行一时的“胡椒虾”用的也是这种锅。度小月的狗母锅，只是每天往里头添加卤好的肉臊，每次添加就烧开一次，从来不洗，也不换新，这口陈年老锅可是店家的宝贝。

老板告诉我，陶锅有毛细孔，新陶锅会吸收肉臊的油脂与风味，得养好长时间才能用，所以不洗锅不换锅，就为了保持肉臊风味的稳定。而且每次添加肉臊就得彻底烧开，以保障食品安全。

担仔面的高汤也是一绝，它用猪大骨加上烤过的甜虾头吊汤，水温始终保持在将烧开而未烧开的状态，只看得到汤上下循环流动，却看不到任何气泡。这样吊出来的汤，清澈见底，不仅不油腻，还带着海鲜的清甜。

面条则是闽南常见的油面，是一种比较柔软的碱面。这种面是熟面，有点像武汉热干面的面条，做好立马煮熟，起锅拌点油，晾凉了以免沾黏。油面口感爽滑，略微偏软，与香浓的肉臊搭配相得益彰。

先把肉臊拨开，闻一闻香气，接着喝一口汤，然后拌匀开始品尝，记得留一口汤压轴，保证回味无穷。虽然一小碗吃不饱，还是劝您别要第二碗，再好吃的东西吃饱了，甚至撑了，就不会再有念想。何不在意犹未尽时就此打住，留下美味的念想，下回还会再吃！

随着这碗面的名气愈来愈大，除了度小月之外，不仅在台南，台湾各地都有人摆起摊子卖担仔面，甚至海鲜酒楼里也有供应，但是不约而同，都称为“台南担仔面”以示正宗。

总店开在台北华西街的“台南担仔面”，在上海也有分店，我曾经在上海国展中心品尝过他家的担仔面，高档海鲜餐厅的出品，质量、风味自然不在话下。但是路边摊的传统小吃，不仅打入高档餐厅，且人手一碗，甚至餐厅的名字，就叫“台南担仔面”，可以想见这一碗面在食客心目中的号召力！

除了上海，北京、深圳、广州等大城市，也都能看到担仔面的踪影。历经一百多年，担仔面的创始名店“度小月”，已经传到第四代，不仅仍在经营，也从最初肩挑小担子、竹编小桌椅，演变成固定店面，并且发展成连锁店，开到亚洲各地。但是所有分店，不管装修得再豪华，进门处总有一副肩挑的小担子。除了装饰之外，也代表不忘本源。

虽然现在吃担仔面的环境比以前好多了，但是我总觉得吃担仔面，还得是低矮的摊子、竹编的矮桌椅、昏黄摇晃的电灯泡，才能完美呈现担仔面的市井情调。

消灾纳福吃祭肉

唐鲁孙先生是我崇拜的美食大家之一，如果你读过唐鲁孙先生关于紫禁城吃祭肉的文章，对于有着二百八十多年历史的“砂锅居”就更容易了解！

山珍海味做成美食珍馐并不稀奇，最简单的白煮肉、豆腐、肉丸子、大白菜能做成美味佳肴，那就不是一般的功力！

清朝宫廷一向有祭祀的习惯。每天，天还没亮，就要宰杀一头整猪祭祀。按习俗，祭祀之后的猪肉，主人家不能吃，必须分赠亲朋好友享用，叫作“散福”。当时皇宫里每天的祭肉都赐给宫里的侍卫们。但是，祭祀的猪肉只不过是开水烫熟，什么调味也没有，因此谁也不想吃祭肉。

名作家高阳写过一部长篇小说《红楼梦断》，内容讲的是江宁织造“曹家”的故事，其中就有一段紫禁城里吃祭肉的描述。美食家唐鲁孙也写过他通过相识的内廷侍卫进紫禁城吃祭肉的故事。

根据两位先生的描写，清朝宫廷里撤下来的祭肉，都归清晨值班的内廷侍卫享用，送到侍卫班房的祭肉，都是大块白水煮熟的肉，侍卫老爷们得拿随身小刀自己切，而且按例吃祭肉是不准调味的，所以大多数侍卫都当成一件苦差事。

高阳先生描写，曹雪芹跟弟弟要进宫临时当差，先在家里练习吃祭肉，得切薄了，要不然难以下咽。曹雪芹还问弟弟吃不吃得惯，他弟弟说吃得惯，于是曹雪芹跟弟弟说："那你多吃点，我少吃点。"

唐鲁孙则描写了吃祭肉作弊的技巧。先用草纸吸满酱油，然后晾干，切肉的时候用这种酱油草纸擦拭切肉的小刀，让酱油借着小刀转附到肉上，避免吃毫无味道的白肉，这算是比较含蓄的作弊。也有人掏出整叠酱油草纸，搁进碗里，冲上肉汤，变成酱汁，好蘸肉吃。这就有点明目张胆、招摇过市了。

最早，"砂锅居"卖的就是再加工的祭肉，它原址在西单缸瓦市义达里，曾经是定王府的更房。清朝惯例，王府有朝祭、夕祭、日祭、月祭、神祭等祭祀制度。祭祀时要"杀牲"上祭，上供后撤下来的供品叫"神余"，主人家不能吃，要分给亲朋好友、看街、更夫们享用，这样才能为自己和家人免灾祈福，带来好运。

由于祭祀活动频繁，祭肉源源不绝，再加上这些祭肉只是开水煮熟，按规矩吃祭肉还不准调味，再爱吃肉的人也没胃口，时间一长，祭肉都放坏了。于是，看街人便与王府里的厨师合作，开了一家“神余专卖店”，运用满族传统的烧、燎、煮等烹调方法，将王府中撤下的祭肉再加工，加上适当的调味，让味道鲜美。

由于是祭祀后撤下来的神余，几乎是不花钱的买卖，而且人们相信吃了神余能为自己消灾免祸、带来福气，所以生意特别好。据说店里用来煮肉的是王府中一口直径四尺、深三尺，一次可煮一头整猪的大砂锅，所以被食客们昵称为“砂锅居”。

“砂锅居”从清朝乾隆六年开业，至今已有二百八十多年历史。据说此店一向是上午营业，下午关门，所以北京还流传一句歇后语：“砂锅居的买卖——过午不候。”过去因为卖的是王府里祭祀的神余，都是当天天不亮就宰杀、煮熟上供的新鲜猪肉，过了中午大概都已经卖完了。到了民国，祭肉没了，但是砂锅居还是保持这个传统，只在上午开门，也有宣传广告的作用，尝鲜的、慕名而来的，还没开始营业就排队等候，这一来，名气愈来愈响，生意愈做愈大。

砂锅菜讲究的是汤头、火候，过去“砂锅居”以特大砂锅一次焖煮大量猪肉，水量一次加足，中途不掀盖，熬出来的肉汤当然味正汤醇！此外砂锅居的白肉特别考较刀功，白肉要片得薄如纸，吃起来才能够腴而不腻，鲜美爽口！

前几年，广州一家美食杂志编辑来北京采访，我请他在“砂锅居”吃饭，那一餐确实是经典美味，砂锅白肉真是薄如纸、润而腴爽，蘸着酱油、蒜泥、韭花酱、辣椒油、腐乳汁、香油调制的调料，入口浓郁而鲜甜。干炸丸子外酥里嫩，还带着鲜美的肉汁，让在座的南方饕客赞不绝口。

后来又有一年年初，几位拍纪录片的制片人、导演约了聚餐，我又安排在“砂锅居”，虽然白肉还是很薄，但是肉发柴，汤头不够鲜美，不知道是因为生意好了就疏忽了，还是灶上的师傅下手没准头。可见一家餐厅要保持风味不变，还真是不容易！

救驾饼与石头馃

吃过午饭之后。原本稿子写得挺顺手，也许是午餐吃少了，才四点钟，不争气的肚子就开始抱怨。通常我只要一饿，就无法工作，满脑子全是各式各样的食物，除了食物，什么也想不起来。不过说也奇怪，今天满脑子都是徽州烧饼跟石头馃！

在我多年的背包客生涯里，曾经两度到徽州采风，先去了黄山，随后游历宏村、西递、官麓、南平、屯溪。屯溪曾经是新安江边的小城镇，因新安江航运而兴起，当年是“祁红”“屯绿”两种著名茶叶的集散地，虽然今天它只是黄山市屯溪区，不过它却是黄山市的发源地。屯溪区有一条两侧都是徽派建筑的屯溪老街，相当具有特色！

徽州之行，收获颇丰。在宏村住民宿，体验了外观优雅，屋里雕饰精美，但住得极不舒适的传统徽派建筑；在程大位珠算博物馆，认识了江南建筑屋脊上那一排子孙瓦，以及它的用途；在黄山一线天，眼睁睁看着陡峭台阶上散落着我两天的口粮，想爬回去收拾却力不从心；在宏村的一条小巷子里，尝到了徽州烧饼；在屯溪老街遇见卖小馄饨的担子，且品尝到另一种徽州著名的“石头馃”，我觉得认识徽州烧饼与石头馃，徽州之行就已经值回票价！

徽州烧饼也被称为“救驾饼”。据说当年朱元璋率领部队在安徽南部征战，有一次吃了败仗，大军四散。朱元璋一路奔波，又饿又累，正在无计可施的时候，突然闻到附近农家里飘出阵阵香气，到了农舍一看，原来农妇正在烤烧饼。她见到饥肠辘辘、狼狈不堪的朱元璋，就把刚烤好的烧饼拿出来待客。朱元璋因为这个烧饼，才解了危难。后来他一统天下，定都金陵，这种烧饼就被称为“救驾饼”。

徽州烧饼是皖南非常著名的风味小吃。小烧饼大约五厘米长，三厘米厚，用梅干菜和腌肉丁做馅，经炭火烤熟之后，形如螃蟹背壳，色如蟹黄，因此也被称为“蟹壳黄”。

刚出炉的徽州烧饼，不待入口就能闻到浓郁的香味，入口又酥又脆，层层剥落，馅里饱含香气四溢的腊肉油脂，与梅干菜、油酥面的味道交融，嚼起来丰润酥脆，满口留香，哪怕搁凉了，还是相当可口，让人忍不住想再吃一块！

制作这种烧饼，要用猪油与面粉和成油面。与同等分量面粉、水与猪油和成的水油面叠合，擀成多层次的面皮，包上腊肉丁与梅干菜碎拌成的馅，贴在烤炉里烤熟。烤好的徽州烧饼可以存放一星期不变味。

我在宏村采风拍照的时候，就在一条小巷子里碰到这么一个小摊子，尝了一个，忍不住买了一大包，放在背包里，既当正餐又当点心，百吃不厌！只有一个小小问题，吃多了容易口渴，必须一路饮水无缺。

离开宏村之后下一站是黄山市，在屯溪老街上闲逛，拍街景，没想到又碰到一家卖徽州烧饼的小店，烧饼用油纸卷成筒状，当成旅游土特产贩卖，包装设计相当美观。离开黄山前，特意转过去买了六包，准备带到上海馈赠亲友。

我也太缺乏自知之明，那时候黄山到上海的车票没得选，只有一趟晚上的慢车，车上无聊，于是打开一包烧饼，泡杯毛峰，边嚼边看书，然后再开一包，又开一包，每开一包心里还算计着，哪个朋友先不送，下次再说。但是，我自己都无法相信，六包烧饼竟然半路上就吃没了！这种事后来又发生一次，从广州去武汉，买了两大盒鸡仔饼，结果如出一辙，东西确实好吃，实在忍不住！

石头馃也是徽州传统美食，不过这几年比较少见了。石头馃早在清朝就盛名远播，用猪五花肉丁和炒熟的黄豆粉拌成馅心，用面皮包上，收口捏紧，推擀成圆饼，然后放在平锅里烙。每个饼子上压着一块大石头，压石头的目的是为了让底面均匀受热，使馅心熟透，同时逼出五花肉丁的油脂。通常饼不翻面，而是边烙边按动石头，一直烙到熟透即可食用。咬开后油香扑鼻，滋润味美，配汤食用更佳。“馃”是当地人的俗称，因为制作中用石头压住，所以称为石头馃，也叫作“黄豆肉馃”。

当年，我在黄山市屯溪老街的巷子里，发现还有一家按照古法制作石头馃的小摊子，除了传统的五花肉丁拌黄豆粉馅之外，还有白糖芝麻馅等其他口味。小小的一口平底锅每次只能烙两张馃，可是邻近许多老客户都是十张、二十张的订购，足足在那儿站了一个多小时，才买到一张黄豆猪肉丁的石头馃，不过等这一小时确实值得。

又过几年，我接了黄山一楼餐饮集团的顾问工作，厨师长听说我喜欢吃石头馃，特地找到专门制作石头馃的店家，订了几个给我尝尝。但我还是觉得以前那个小摊子上的比较好吃。

徽州的这两种小吃，虽然油分都比较大，但是石头馃馅里的黄豆面、徽州烧饼馅里的梅干菜，都是比较干的食材，不仅本身吸油，而且浸入适当的油分才能香气四溢，跟带肥的肉丁搭配得天衣无缝！

过去营养学家认为猪油里的饱和脂肪酸对身体不好，建议大家少吃，但近几年的研究报告显示人体需要饱和脂肪酸，吃猪油比吃调和油更健康。其实，凡事都有个度，过与不及都不好，饮食均衡、适量食用猪油，对身体并没有坏处。

一碗拦车的牛肉粉

十几年的背包客生涯，只要交通时间不超过六小时，我最喜爱的交通工具还是火车和长途大巴，尤其是长途大巴，因为它最接地气，常常带给我特殊体验和意外惊喜。

十多年前在黔东南游荡，先到凯里拍完“苗族姊妹节”，接着准备到肇兴侗寨去采风。不过当时没有从凯里到肇兴的直达大巴，必须先到雷山，然后再到从江，之后才到肇兴。

雷山大巴站就像任何一个小县城的大巴站，呈现出一种有序的混乱。我买了张薄如蝉翼的车票，然后在停车场里东张西望，寻找售票员告诉我的车牌号码。其实我搭大巴的经验也算丰富，曾经搭过客货两用车、连续抛锚车、招手即停车、双层交叠的卧铺车，也曾经在高速路休息站，被两位大巴司机交易过，应该可以算大巴达人了。但是雷山到从江的大巴，又让我开了一次眼界。

说它是大巴，其实也就是三十座左右的中巴，走近车辆，师傅看了一眼我的车票，示意我放下背包。提着背包却找不到通常在车底下的行李舱，我看了师傅一眼，他往天上一指，车顶上还有一位师傅正向我招手，要我把背包甩给他。原来所有乘客的行李都在车顶上。我的背包被安放在一笼鸡、两担蔬菜，以及一堆红蓝条之间，再用一张大网把行李罩在车顶上紧紧捆住，车陡然长高了一倍！我心里暗想：重心这么高，山路过弯安全吗？看着同车乘客一副见怪不怪的表情，估计这已经是常态。算了，上车吧！

还好我上车早，这种大巴不对号，有位置就坐，我上车时还有座位，座位坐满了之后，师傅从座位底下抽出几个小马扎，摆在中央过道上。没错！晚上车的只能坐马扎。开车前还有一个仪式，司机师傅把一个大油漆桶踢到过道前方，双手叉腰，中气十足地宣布："马上开车啦！晕车的吐在这个桶里，要是吐在车上，得自己打扫干净！"就在我目瞪口呆的时候，车开了！

司机师傅的车技真是出神入化！这么一辆重心超高，在蜿蜒山路上东摇西晃的中巴，竟然始终保持四轮着地。还有意料之外的福利，司机师傅把客车当成货车，猛加速、急刹车、快速过弯、再加速，毫不手软。只见车上的乘客们的脑袋，整整齐齐地左摇右晃、前扑后倾，只付出一张大巴的票价，同时享受过山车的刺激，顿时我就明白大油漆桶的存在价值。

据说肇兴这不到一千户人家的侗族村寨，是全国最大的侗寨，而且是著名的旅游景点。奇怪的是从江居然也没有车到这个旅游景点，只能搭车到肇兴附近的洛香，然后再雇小车进肇兴。

这一趟运气不错，在洛香市场边碰到一位从肇兴出来采购的大叔，在他的盛情邀约下，搭上他的私家三轮摩托，跟车斗里的鸡、鸭、杂物一起浩浩荡荡，唱着歌进了肇兴。

过两天要离开肇兴前往黎平的时候，才发现一个之前没想到的问题，肇兴真的没有车站，连站牌都没有！难道要回头到洛香去搭车？还好离开青年旅舍之前问了一下老板，才知道肇兴虽然没有车站、没有站牌，但是某些过路车经过肇兴的时候会顺道上客，车就停在最大的十字路口旁边，卖牛肉粉的小吃店门口，而且一天有五六辆班车经过，至于车上有没有座位，那也只能碰运气了。

收拾好背包，走到小吃店已经是上午九点多，看着小锅里上下翻腾、香喷喷的牛肉块，突然又饿了。这一路从西江到肇兴实在没吃到什么习惯的口味，当地小吃店的菜单一半以上看不懂，每个字都认得，可是连在一起到底指的是什么，实在搞不清楚，看得懂的几乎全是酸辣口味，牛肉粉至少是比较平常的食物。我既馋牛肉粉，又怕赶不上车。于是先问问老板娘，什么时候有开往黎平的车。老板娘十分笃定地表示，大约半小时之后有一班车。大概是看出了我的馋相，接着热情地招呼我:“进来坐吧！吃碗牛肉粉还来得及。”既然如此，那就来一份小碗的吧！

万万没想到，老板娘的情报不正确，粉还在大锅里翻腾着，车竟然到了！这下尴尬了，下一班到黎平的车得好几小时之后才经过呢。眼看着车就要开了，顾不上吃粉，赶紧掏出钱来付账走人，还好一碗牛肉粉不过两元。正打算掏口袋，老板娘突然一个箭步冲出门外，冲着大巴司机大喊:“这儿有个人要搭你的车去黎平，正在吃粉，你等一等！”

我的老天！那个尴尬，真是难以形容！这真是天下奇闻，一整车的乘客等你一个人吃牛肉粉，这要在台湾肯定成为新闻——“某某某强拦班车，激怒乘客遭暴扁”。我的经验里，台湾的大巴，不到站，不停车、不上下客，没有站牌的地方就算经过也不停车，只有在台风或是天灾侵袭时才会随招随停，而且按时发车、按时到站，非常准时。班车等乘客，真是天方夜谭，这位司机非被投诉不可！

怀着极度不安的心情低头吃粉，一边偷偷瞄着停在路边的大巴，琢磨着待会怎么偷偷溜上车，车上的乘客会不会怒目而视？见证奇迹的时刻到了，本来已经要离开的车，司机熄火，乘客竟然纷纷下车，有的抽烟、有的逛街买东西，根本没当一回事！我吃完粉，汤都不敢喝，拉低帽檐，猫着腰，照着军训课的要领，提着背包小跑步上车，找了最后一排角落的位置坐下。乘客们也都陆续上车，竟然连个异样的眼光也没有，一车子人心平气和继续开往黎平。这辈子第一次享受这种车等人的待遇，竟然是在偏僻的肇兴侗寨！

不知汤饼真滋味

人类的文明始终随着时代而演进，饮食文化作为其中重要的一环，也随之改变。虽然几千年来，基础食材变动有限，但是烹饪、调味等制作过程与结果却有很大的不同。

汉朝时期对于面食的记载还不太多，不过从《四民月令》《西京杂记》《方言》《释名》等汉代札记的记载看来，今天各式各样面食雏形大概都能在汉代找到端倪。

汉代几乎所有的面食都叫作“饼”，《释名》这么解释：“饼，并也，溲面使合并也。”“胡饼，作之大漫冱也，亦言以胡麻着上也。蒸饼、汤饼、蝎饼、髓饼、金饼、索饼之属，皆随形而名之也。”虽然《释名》提到胡饼等七种饼，但是都只有名字而已，实在无法辨认究竟是什么样的面食。

如果参照魏晋南北朝时期的资料，大概会得到这样的结论：上笼蒸的叫蒸饼；炉里烤的叫胡饼（不过后赵石虎认为胡饼有讽刺自己之嫌，遂改名为麻饼）；烧饼中间包着碎肉有点像现在的馅饼；水里煮的就是汤饼。

在这一大堆饼里，特别要介绍汤饼，一般认为汤饼应该是一种汤面，可能就是面片汤。从目前的资料看来它真有可能是汤面的祖宗，关于它的故事也特别多。

《北史》记载，北齐文宣帝高洋生了儿子，效法民间设宴，以汤饼招待亲友，从此婴儿出生第三天设宴款待亲朋好友就被称为“汤饼宴”，一直流传下来。清朝《笑林广记》则杜撰了一个笑话，晋朝有一位皇帝，喜获太子，赐群臣汤饼宴，席间有位大官起立曰：“贺陛下祠嗣之有人，愧吾等无功而受禄。”皇帝正色曰：“卿何语！此事岂可使卿等有功？”

对于汤饼，描写得最传神当然是西晋文学家束皙，他所写的《饼赋》大概是中国第一篇歌颂面食的文章。对于汤饼他是这样说的：“玄冬猛寒，清晨之会，涕冻鼻中，霜凝口外。充虚解战，汤饼为最。”吐气成霜的寒冷冬天早晨，最能充饥暖胃的，还是一碗热腾腾的汤饼。

汤饼有多美味？当汤饼一端出厨房，“行人失涎于下风，童仆空嚼而斜眄。擎器者呧唇，立侍者干咽”。路边的行人口水直流，童仆看得眼睛都直了，端碗的侍者舔着嘴唇，一旁随侍的仆人直咽唾沫。虽然束皙因为这篇饼赋被当时文人批评，我却觉得这真是千古佳作。

《世说新语》里还记载了另一个汤饼的故事:“何平叔美姿仪，面至白。魏明帝疑其傅粉，正夏月，与热汤饼。既啖，大汗出，以朱衣自拭，色转皎然。”何平叔就是何晏，东汉大将军何进的孙子，后来成为曹魏的驸马，据说他是当时著名的“男神”，脸色洁白得让魏明帝怀疑他是不是涂了粉。为了辨明真伪，魏明帝大热天把何晏召到宫中，请他吃汤饼。这碗热汤面把何晏吃得满身大汗，吃完之后以红色的衣袖擦脸，居然没有擦粉，而且脸色转为红润。

也有一种说法认为汤饼就是贾思勰在北魏末年完成的《齐民要术》里提到的“水引”。其实《齐民要术》里的《饼篇》并不是贾思勰亲自调查的结果，他是引用《食经》一书，可惜《食经》早已经失传。对于“水引”贾思勰是这么记载的:“挼如箸大，一尺一断，盘中盛水浸，宜以手临铛上，挼令薄如韭叶，逐沸煮。”有趣的是这种做法在经历千年之后，竟然还存在，西安附近的阳凌一带有一种传统的面食“蘸水面”，这种面食的面条制作方式与《齐民要术》的“水引”大同小异。

虽然有不少关于汤饼、水引的记载，但是很可惜从来没有人记录下汤饼的滋味，它究竟味道如何？今天已不得而知。

春天的颜色

印象中，青团是南方的季节性点心，只有清明前后才见得到它的踪迹。这种通体碧绿，蕴含青草香气，形似大型元宵的应节食品，入口黏糯、香甜，给我的感觉就是万物生长，生机勃勃。而它在清明时节上市，也是祭祖扫墓常见的祭品，又带着慎终追远的意涵。

常住北京多年，始终没见过青团，也根本没关注过这种季节性食品，每逢清明，有点怀念老家的“鼠䊀粿”。

倒是有件事让我丈二和尚摸不着头脑。北京一向少雨，我在北京住了近二十年，家里根本没有雨伞，因为几乎用不到。但是，每年清明前后，必定下雨，雨不大，非常舒服的毛毛细雨！常用的日历有两种，一种是全世界通用的阳历，另一种是中国传统的农历，住在台北的时候，总是怀疑农历、节气不准，因为气候的变化不太配合农历的记载。常住北京之后却突然发现，农历、节气竟然相当准确！“清明时节雨纷纷”就是个例子，疑惑了好长时间，直到有一天打车经过二环，一眼瞧见观象台，这才恍然大悟，原来农历的制定，正是当年“钦天监”所在地，以北京观象台为中心，向南方农耕地区扩散。中国幅员辽阔，农历的节气描述，离农业核心区愈近愈准确，愈远误差愈大！

2018 年因为工作关系，在上海生活了接近三年，这才注意到青团。记得当时是因为市面上出现了一款打破传统的青团。江浙一带的青团都是红豆沙馅，或是黑芝麻馅的，但是这种青团却是咸蛋黄肉松馅，这种天马行空开脑洞的组合，竟然一下子卖火了，很快成为广受欢迎的“网红产品”，并且通过电商渠道，由上海风靡全国！

说句题外话，因为咸蛋黄肉松口味的成功，在餐饮圈带起了“咸蛋黄风潮”，各式各样运用咸蛋黄的菜品，如雨后春笋般此起彼落，令人眼花缭乱。

说回正题，对于这种独角兽产品，我也忍不住好奇买了一盒尝尝，说实话我并不欣赏这种组合，潮掉的肉松，要多难吃有多难吃。还不如中规中矩的传统红豆馅，哪怕咸蛋黄豆沙，也比它好吃！

其实青团不只在江浙一带，清明前后，长江以南到处都有它的踪迹，只不过各地的名称不同、形状不同，但是基本都是加上时令野蔬的糯米皮，里头包上各种馅料。

比方说，“清明粑”就是贵州的青团，具备了青团的各种特征，糯米皮加入当地清明时节的清明草，馅料早期以豆沙为主，后来也有玫瑰、火腿、芝麻等各种馅。青团做成圆球状，蒸熟了吃；清明粑则是圆饼状，烙熟了吃。

“鼠曲粿”也叫“草仔粿”，是我老家福建、台湾一带的青团，同样也是在清明时节，糯米皮里加入当季野菜鼠麴草，包上馅料，蒸熟了吃，鼠麴草也就是西南四川、贵州一带的“清明草”。但是我老家的鼠曲粿，馅比较特别，红豆馅得带着碎红豆颗粒，而且是甜咸口。

另一种我老家常见，但是在别处没见过的，是咸甜口的萝卜丝馅。干萝卜丝加入虾皮、葱花炒制成馅。这种咸馅有点像萝卜丝酥饼的馅，但没那么细致，搭配较为粗犷，与略带着青草野性的皮，恰好门当户对！这是我最想念的口味，可惜除了老家，别的地方还真没见过。

鼠曲粿的样子也很特别，它不是圆球状，也不是圆饼状，而是椭圆形饼状，像个压扁的鼠标，因为是清明祭祖的祭品，所以用“粬印”成型，表面上印着龟壳纹样，寓意福寿绵延、长命百岁。

闽南、台湾同胞清明祭祖的时候，祭品里有鼠粬粿，必定会搭配面红底白的“红龟粿”，两者外观一样，但颜色、馅料不同。红龟粿只有甜口、不带颗粒的红豆沙馅。鼠粬粿一般都是蒸热了吃，吃不完的，隔天家母会用轻油小火慢煎，把外皮煎出一层脆壳，口感更有层次。

拜食品工业发达之赐，近年来青团不分季节、地区，随处可见，随时都有得吃。但总觉得差点意思。传统江浙一带的青团，用的大多是艾草汁，西南内陆、东南沿海一带用的是鼠粬草和清明草。而今天大多数都用麦青汁，加热不变色，但是不仅香味不对，浓艳呆滞的墨绿色，更显不出春天的嫩绿灵动。

过去的做法是把糯米皮和好，包上馅料，再上笼屉蒸熟。蒸的时间、火力必须靠经验。而今天工业化产品是糯米皮包上馅料，拿保鲜膜包裹成圆形再蒸熟，甚至有把糯米皮蒸熟再包馅料的做法，口感呆滞、软而不糯，有些糯米皮里还加糖，这种东西只能说是“绿色雪媚娘”。

饮食文化是整体文化的一部分，文化是活的，与时俱进才有生机活力，但是这种“进步”究竟是提升还是堕落，那就不好说了。

春日午后，廊下小憩，柔和的阳光下，粉绿润泽中带着点点深绿艾草碎，洋溢青草芳香的青团，垫着一小片碧绿竹叶，摆在小巧的豆青瓷碟子里，再配一杯明前龙井，玻璃杯里嫩绿的茶叶沉浮。中式点心的雅致意境，就在其中。

端午节的误解

五月榴花妖艳烘，绿杨带雨垂垂重。五色新丝缠角粽，金盘送，生绡画扇盘双凤。

正是浴兰时节动，菖蒲酒美清尊共。叶里黄鹂时一弄，犹瞢忪，等闲惊破纱窗梦。

这首《渔家傲》，是北宋文豪欧阳修的作品。您闭上眼睛慢慢听一遍，端午前后山间田野的青翠粉绿，轻轻拂过的微风，甚至温热中带着点清凉，历历在目，栩栩如生，如同身历其境！

我喜欢宋词，不过我们这里不讨论诗词，我不配！像我这样的饕餮之客，只关注金盘里的“五色新丝缠角粽”，只配聊聊吃吃喝喝。您也别问我这是什么粽，他老人家酒足饭饱，迷迷糊糊打着盹呢！咱不懂，咱也不敢问。

传统饮食里有许多应节、应季的特殊食品，粽子就是端午节的专用食品。传说粽子的来源关联到楚国三闾大夫屈原投江自尽的故事，因而有人说端午不宜“快乐”；这真是无从说起，也暴露出盲从、不求甚解的毛病。

晋朝周处《风土记》中记载：“仲夏端午，烹鹜角黍。端，始也，谓五月初五日也。”端午是仲夏月第一个午日，也就是夏历午月午日。端午的起源与屈原投江无关，是屈原在端午投江，不是为了纪念屈原而有端午节。根据闻一多先生等学者考证，端午节的粽子、龙舟等习俗，源自南方百越祭祀龙神的传统，也不是因为屈原。

此外，从《梦粱录》《謇斋琐缀录》等宋明文人笔记看来，历史上的端午一直都很快乐！宋朝过端午，宫廷里要举行一整天的音乐会，皇帝皇后要观赏各种水上表演、龙舟竞赛，皇帝要赏赐大臣新衣。明朝端午节，皇帝要在奉天殿大宴群臣。自古端午一直很快乐，不明白为什么突然不能快乐？

我自小酷爱糯米食品，当然包括各地的粽子。在我看来，粽子越往南越精彩。北方粽子以“江米小枣”为主力，没有竹叶就用苇叶。粽子里除了白色的糯米饭就是红色的小枣，有些江米小枣粽子也包了点豆沙；对习惯闽南烧肉粽的我来说太单调了，一点也提不起食欲。

江浙一带著名的湖州粽子、嘉兴粽子略微好些，有包豆沙的甜粽，也有包五花肉的咸粽，口味比江米小枣的浓郁，内容也有些变化。但是这种粽子使用圆糯米，圆糯米比较黏，颗粒感差，加上包好之后一般在开水里煮熟，圆糯米吸收大量水分，几乎糊成一团。不巧，这正是我最不喜欢的口感。因此整个湖州、嘉兴粽子家族，对我也没什么吸引力。

我老家的烧肉粽就不一样了，肥瘦相间、油光锃亮、香喷喷的五花肉，只不过是标配。随着地域不同，香菇、板栗、花生、海米、蚝干、咸蛋黄等食材，随心搭配，丰盛极了。而且闽南粽子用的是长糯米，不太黏，颗粒感好，口感比较清晰，唯一的缺点是吃多了不好消化。

每到端午，家母就一定组织我们兄弟姐妹包粽子，还得缝香囊、插菖蒲；家母认为这才有过端午的氛围，同时也把过节的习俗一代代传下去。今天我们兄弟姐妹各自成家，家母也离世多年，但每年端午，大家一定尽可能凑在一起包粽子。当年我们围着母亲、孙子辈围着祖母包粽子的画面，正是端午最鲜活的回忆。

热气蒸腾的粽子端上桌，扑鼻的竹叶清香；剥开粽叶，淡淡酱油色的糯米饭、大块暗红透光的五花肉、整朵黑色的香菇、鹅黄的板栗、整个卤制的蚝干、金黄的咸蛋黄，几乎要把粽子撑爆。卤香、肉香四溢。浇上一点海山酱，入口饱满充实，浓郁咸鲜，超级满足！配上一杯浓酽烫口的武夷铁观音，一粽足以解千愁！要是想来一盅雄黄酒，那您自便，这玩意儿我来不了！

因为包着五花肉，所以闽南语里称“粽子”为“肉粽”。好多年前有一首闽南语流行歌曲就叫“烧肉粽”，“烧”在闽南语里是“热”的意思，“烧肉粽”的意思就是“热粽子”。您到福建泉州、晋江、厦门一带，卖粽子的招牌写的都是“肉粽”，没有写“粽子”的，因为“粽子”这个词的闽南语发音相当拗口，不如“肉粽”顺口。捎带提一句，最近常见的“烧仙草”实际也就是“热仙草”，仙草一般凉吃，热吃的才叫“烧仙草”，店名叫“烧仙草”，卖的却是凉仙草，真是够了！

台湾的饮食习惯来自闽南，所以台湾的肉粽跟闽南的肉粽大同小异。各种食材运用随心所欲。台湾肉粽还分成以台北为中心的北部粽和以台南为中心的南部粽，从材料来说，南部粽包花生，甚至萝卜干，而北部粽不放这两种食材；南部粽在水里煮熟，北部粽则是在笼屉里蒸熟；南部粽比较黏糯，而北部粽颗粒感较强。这两者对我而言各有所长且都能接受，但过犹不及，口感上都达不到完美境界。

我在上海的“嗑米”餐厅，就采取潮汕熬粥的“兑米”手法，即用江浙一带的圆糯米掺入福建的长糯米，用这样的糯米来包粽子，两种糯米得分别处理，烹调手法比较麻烦，但是既有圆糯米的黏糯，又有长糯米的颗粒感。这是我最喜欢的口感！

咱们再往南走，拜见粽子界的王者——广府“裹蒸粽”。

从个头上来说，北方粽子、湖州粽子大约是婴儿胳膊粗细，闽南、台湾肉粽大约是麦当劳“大麦克”大小，相较之下“裹蒸粽”就是粽子家族里的“巨无霸”，一般都有成年人的两三个拳头大，且我在广州真见识过半个枕头大的裹蒸粽！这种尺寸、这种分量的粽子，只能大家分着吃。一人来一个，真的办不到啊！别问我哪儿找这么大的粽叶，人家是用荷叶包的，而且是两张！

除了体积碾压众粽，裹蒸粽的内容也最开脑洞，只有你想不到，没有你吃不到！除了之前咱们从北吃到南，各式各样粽子的内容之外，到了广州，腊肠、腊肉之类自然不在话下，我吃过的大型裹蒸粽里还有包进去半只烧鹅的！

裹蒸粽用的是哪一种糯米，按地域与当地物产来说应该是长糯米，但我不能确定，因为我从来没注意过。这种巨型粽子一上桌，我就已经无法思考，粽子正剥开，口水已经滴到桌子上，除了欢喜赞叹、狼吞虎咽，哪有工夫了解它用哪一种糯米？您说不是吗？

对了，广州粽子里倒是有一种常见食材——脱壳绿豆仁，去了壳的绿豆仁是明黄色的颗粒，特别好认。这种食材在其他地区的粽子里还真没见过！

偷偷告诉您，写这篇稿子的时候，我正在吃烧肉粽，一边写一边滴口水也不是个办法，于是买了俩肉粽解解馋，没想到这俩肉粽又让我开了脑洞，里头除了常见的材料，还包着一块金枪鱼！金枪鱼烧肉粽，我也是第一次见识到！

琼浆满饮润枯喉

酪有酪铺，我家附近，东四牌楼根儿底下就有一家。最有名的一家是在前门外门框儿胡同北头儿路西，我记不得他的字号了。掀门帘进去，里面没有什么设备，一边靠墙几个大木桶，一边几个座儿。他家的酪，牛奶醇而新鲜，所以味道与众不同，大碗带果的尤佳，酪里面有瓜子仁，于喝咽之外有点东西咀嚼，别有风味。每途经其地，或是散戏出来，必定喝他两碗。

——梁实秋《雅舍谈吃》

打初中开始就在林海音、梁实秋、夏元瑜、唐鲁孙等前辈作家的作品里认识了北京。不过当时真没想到有一天会常住北京。

待在北京，闲暇时最大的兴趣，就是寻找前辈作家们笔下的老北京风情，尤其是唐鲁孙、梁实秋先生笔下各式各样的北京美食，向往前辈作家们笔下的奶酪。

好多年前曾经在台北的京兆尹尝过奶酪，可是完全没有唐鲁孙先生形容的隐含糟香、沁人心脾的风味，相当令人失望。以至于心有不甘，到了北京之后更是念念不忘奶酪。

北京的奶酪是牛奶制成的传统风味点心，但是跟西方的芝士完全不同，北京的奶酪是半凝固状，甜甜的，带着浓浓奶香与似有似无的淡淡糟香。入口软滑柔顺，甘沁而醇厚，有点像广州的双皮奶。不过奶酪一般都吃凉的，双皮奶则凉、热皆可。

奶酪是清朝宫廷点心的精品；清朝《都门杂咏》中有一首竹枝词这样描述：“闲向街头啖一瓯，琼浆满饮润枯喉。觉来下咽如脂滑，寒沁心脾爽似秋。”将凝霜冻玉般的奶酪，形容得极为传神。

据说奶酪源于蒙古，清朝自顺治皇帝开始，对蒙古一向采取怀柔政策，并且挑选蒙古王公贵族的女儿为妃，于是蒙古的饮食风味逐渐传入紫禁城。

奶酪以牛奶为主料，将牛奶加热，加入适量的糖搅拌均匀；再让牛奶凉一下，然后点一点酒酿，拌匀之后放进烤箱里烤，最后还要放在冰箱中冷却。如果用未经稀释的全脂鲜奶就更好了，做成的奶酪把容器倒过来都不会洒出来，这被称为“合碗酪”，质地特别绵密柔滑。有一回，北京美食家赵珩老师来我店里用餐，席间品尝了我做的奶酪，赞不绝口。不过后来他笑话我投机取巧，因为我用来制作奶酪的碗，内侧是磨砂面，不是光滑面，奶酪更容易巴在碗里。

奶酪是一种高级细点，得用青花瓷小碗装着才显雅致，必须用小勺子细细品味那种入口即化的滑润香甜。过去讲究在奶酪上头搁点核桃仁、葡萄干、瓜子仁这三种果料，现在的酪铺只供应松仁奶酪。冰凉的细瓷青花小碗里，奶黄色的奶酪呈半凝固状，光滑细腻的奶酪上点缀着一两枚小巧的松子，奶香、糟香之中还带着松子的淡淡清香。

据说光绪初年，北京老字号酪铺“奶酪魏”第一代老板魏鸿臣，从在御膳房当差的朋友那儿学会了这门手艺。奶酪魏就以此成名。

唐鲁孙先生笔下的另一家著名酪铺，是当年东安市场内的“丰盛公”。丰盛公的店主姓何名子照，满族旗人。辛亥革命之后，何子照在乡下办了个奶牛场，又向一位曾在御膳房当差的大师傅讨教了制作奶酪的诀窍，随后在东安市场里开了家酪铺。那时候北京大街上没有冷饮店，更没有冰激凌。奶酪在京城里一枝独秀。每到夏季，清室的遗老遗少大多成了“丰盛公”的主顾。可惜丰盛公已经不存在了。

来到北京之后，我一直在寻找传统北京奶酪，初来乍到，人生地不熟，几番探访皆无功而返。后来一位北京朋友告诉我，南锣鼓巷里开了家酪铺，约我一道去尝尝。当时的南锣远不如今天热闹，虽有不少商家，但清一色都是传统暗红色小门面，极不起眼，来回溜达了几回，才找到这家小小的酪铺。

推开门，只有两三张白色折叠桌，十来把板凳。正面放着一座简单的展示冰柜，里面一溜白瓷碗，盛着毫无装饰、奶白色、看起来像豆腐脑的食物，过去仅存在想象之中的奶酪，终于出现在眼前！

一试之下惊为天人！冰凉的白瓷碗捧在手里，碗里盛着奶白色的奶酪，稍微一晃动，碗里的奶酪跟着轻轻颤动，舀起小半勺，入口沁凉、香甜，奶香浓得化不开，口腔里隐约泛出糟香，果然是唐鲁孙先生笔下形容的那番滋味！当时我就喝了三碗，这才算了了一桩心愿。

一般奶酪铺除奶酪之外，还做几种奶制点心。

常见的是奶卷，厚厚的一层牛奶制成的皮子，里面卷上山楂馅，也有卷上山楂和芝麻或豆沙、枣泥的，被称为“鸳鸯馅”。奶卷一入口是浓郁的奶香，里面酸酸甜甜的山楂恰到好处地调和味道，香甜而不腻。

最精彩的是酪干，从前奶酪绝不隔夜，因为那时没冰箱，放一夜，奶酪就坏了，所以当天没卖完的奶酪会继续回锅熬制，收干水分加工成酪干。制成的酪干呈绛红色，味道香甜浓郁，比最高级的英国太妃糖还好吃，酪干可以在常温下存放半个月。遗憾的是，酪干可不是每天都有，得碰运气！

我自小酷爱甜食，遇见这种甜食中的精品当然不会放过，每到夏季总要喝上几次奶酪解馋，那种柔滑细腻、沁凉香甜的口感真是味蕾的一大享受，碰巧了还要买几斤酪干带回家当零食。

多年之后我在北京开了家面馆。承蒙中国面点大师冯怀申老师指导，学会了北京奶酪的做法。这才知道奶酪看起来简单，做起来却极为费事，牛奶、醪糟、糖……各有各的讲究，操作手法更是轻巧细腻，丝毫马虎不得。

随着“国潮风”兴起，传统中式甜品、糕点多少也沾点光，逐渐受到关注。如今奶酪铺随处可见，椰子、草莓、巧克力……各种口味层出不穷。创新无可厚非，但我更喜欢原味奶酪里那一抹淡淡糟香。

夏日记忆

从小就爱喝酸梅汤，其实不单是酸梅汤，只要是甜的饮料我都喜欢，包括豆腐脑，我都是“甜党”的狂爱者。但是最爱还是酸梅汤，炎热的夏天，一杯沁心透凉、酸酸甜甜的酸梅汤下肚，别提有多畅快了！

来到北京之后才了解，酸梅汤竟然是北京传统消暑饮料，据说除了清热解渴之外，还有消食和中、安心痛、祛痰止咳、辟疫的作用，是炎炎夏日不可多得的清凉饮品。不过，我这辈子喝的第一口酸梅汤，却是在台北新公园北门对面的小冷饮店。

酸梅汤在中国传统饮料中历史久远，但究竟何时出现，确实很难查考。我所知道的是，南宋时期，记载临安生活琐事的文人笔记《武林旧事》里就有关于“卤梅水”的记载，或许这就是当时的酸梅汤。

此外，《新唐书·地理志》也记载了“洪州豫章郡，上都督府。土贡：葛、丝布、梅煎、乳柑”。“土贡”的意思是进贡的土特产，有些人认为其中的“梅煎”就是原始的酸梅汤。

我不太同意这个说法。“煎”确实是古代制作饮料的方式之一，例如，唐朝卢仝的《走笔谢孟谏议寄新茶》写到“纱帽笼头自煎吃”，就是他戴着纱帽自己煎茶喝。但是，不仅煮茶的方式被称为“煎”，熬中药也被称为“煎药”，熬煮制作果脯，也能被称为“煎”。

我觉得梅煎应该是梅子熬煮的果脯之类的食品。不过，有些餐厅基于“梅煎”这个词，给酸梅汤取了个莫名其妙的名字叫“土贡梅煎”，看似附庸风雅，实则不知所云。

北京的酸梅汤，大多号称宫廷御用。确实，每到夏天，清朝宫廷里的点心局都会熬制酸梅汤，供帝后消夏之用。但是究竟号称宫廷御用的酸梅汤，配方是不是来自宫廷？那就不得而知了。

台北也有酸梅汤，同样号称北京风味！记忆中，台北新公园，也就是现在的二二八纪念公园，衡阳路大门对过把角儿，有一个极小的门面，因为所在地点的关系，就叫“公园号”酸梅汤。

公园号以乌梅、山楂、甘草、冰糖和桂花熬制，被称为“桂花酸梅汤”。公园号酸梅汤，是我对夏季冷饮最早的记忆。那时我们家住在台湾东部小港口花莲，因为父亲老家在台北，所以每年暑假，父母亲都会带着我们兄弟姐妹上台北探亲访友。只要一上台北，就得陪着爱读书的父亲逛台北有名的书店街重庆南路，最后必定晃到附近的公园号喝杯酸梅汤打卡。

还记得当时店里喝酸梅汤，用的是厚重的大玻璃杯，类似今天的可乐杯，店里没几个座位，大多数顾客都得站着喝；带着冰碴的酸梅汤，冷冽清甜，一杯下肚暑气全消。

店里也卖一包包的酸梅汤干料，让顾客买回去自己熬；可能是方法不对，或是商家有不传之秘，反正家母怎么熬也没有店里卖的好喝。当时市场上还有“五福牌酸梅卤”，它是一种瓶装浓缩汁，对水调匀之后饮用，虽然也叫作酸梅汤，却没有公园号的那种甘甜爽口，只能说聊胜于无。插句题外话，昨天跟舍弟聊到公园号，他发了张照片给我，没想到历经五十多年，公园号依然在！

后来读到著名美食家唐鲁孙先生的作品，描写北京琉璃厂“信远斋记”的酸梅汤。据唐先生描述，信远斋的酸梅汤“熬好了一装坛子，绝不往里掺冰水，什么时候喝，都是醇厚浓郁，讲究挂碗，而且冰得极透。您从大太阳底下一进屋，一碗酸梅汤下肚，真是舌冰齿冷，凉入心脾”。

更有意思的，是它的招牌“信远斋记”。这块招牌是清末书法家冯公度的手笔，这个名字确实奇怪，一般商店的名称有“某某斋”“某某记”，“斋”之后还加上一个“记”确实绝无仅有。据说有人问冯公度，为什么起了个这么古怪的名字？冯公度表示，琉璃厂整条街溜达的都是读书人，偏偏信远斋记开在这个地方，用个似通非通的怪招牌，就是为了吸引这帮读书人进来一探究竟。如此说来，冯公度可谓深谙广告之道！

多年之后来到北京长住，曾经突发奇想，按着唐先生的书来寻找老北京美食，可想而知，当然一无所获。但是不久之后却发现了瓶装的信远斋酸梅汤，说句实在话，糖水罢了！这些年陆陆续续喝过不少酸梅汤，味道都似是而非；始终没喝到过令人满意的酸梅汤。

我自己做的酸梅汤，是在北派茶礼大家冯建华大师手把手指导下，复刻成功的。冯大师的酸梅汤不用桂花，改用玫瑰，被称为“玫瑰酸梅汤”，于传统中别出心裁，更显清雅风韵。

熬酸梅汤可是个体力活，熬煮过程中必须“撩”，不停地撩，大勺高高舀起，再慢慢倒回锅里，特别是下糖的时候，不断重复这个动作，熬出来的酸梅汤才能晶莹透亮。

熬好的酸梅汤色泽暗红透亮，放凉之后得冰镇，搁在冰箱里冷冻。虽然冷冻，可不能完全冻上，当酸梅汤里布满冰碴，就是最佳状态。用细瓷青花盖碗舀上一盅，暗红色的酸梅汤满布冰碴，清澈见底，浓郁挂杯，小口啜饮，细细品味，绝对清凉消暑！

酸梅汤对我来说，不仅是冷饮，更是对父亲，以及幼年时全家出游的愉快记忆。近来奶茶、果茶等冷饮当道，有些商家把酸梅汤改个名字叫“乌梅冻饮”！一大杯、一大杯地销售，仅适合牛饮解渴，完全失去传统酸梅汤的风韵与情趣，社会发展加上生活形态改变，这也无可厚非。看起来，想重温儿时的记忆，还是自己慢慢熬吧。

辑二

地方风味

泼墨山水北京味

严格来说，北京并没有发源于本地的宴席大菜。我因为这个说法常常挨骂，但事实确实如此。北京菜的基础是源自山东的鲁菜，鲁菜传到北京之后，不仅经济实力更强，消费能力更高，而且演变得更加精致讲究，因此称为京鲁菜。而北京经常被提起的代表菜看北京烤鸭其实来自南京，涮羊肉则源自我国北方。

在我国历史名城中，北京发展得比较晚，从元朝建都，到明成祖永乐皇帝迁都，北京才开始成为北方文化重镇。

当长安、洛阳、开封、扬州、南京已经进入辉煌闪耀，文士荟萃，商贾如云的时代；北京还只是个边塞屯兵重镇，曾经被称为蓟、幽州、涿郡……

虽然北京严格上说没有宴席大菜，但是北京仍然有他传统且别具一格的饮食文化。今天正宗北京风味的基础，可以说源自蒙古族、回族，经汉族、满族而大成，形成粗犷且讲究的独特风味，并且保留着游牧民族的痕迹。众人皆知的北京名菜涮羊肉和爆肚，就是演变自游牧民族骑兵，以头盔装水烧开，烫熟食材，沾佐料而食的方式。

虽然发展得比较晚，但是自元、明、清以来，北京毕竟是煌煌帝都，汇聚各方英雄豪杰、文人雅士，北京饮食大江南北兼收并蓄。传统北京小吃，也随着文化的提升而演变改进，成为粗犷中不失规矩、自然中蕴含章法的独特饮食文化。

由于明成祖迁都，北京的饮食文化产生了第一次转变。迁都之前，明朝政府就已经迁徙了大批农民前往北京附近开垦，接着，工匠、商人也在政府的命令与鼓励之下北迁。这一次大迁徙，把南方烹调文化带到了北京，特别是鲁菜。北京烤鸭也是这时候由南京传到北京，今天的北京烤鸭，原本叫金陵烧鸭，至今仍然继续经营的便宜坊，就是焖炉烤鸭的元祖，至今已有将近六百年历史。

清朝定都北京，再一次提升了北京的饮食文化，所谓的宫廷细点，慢慢流传到民间。由于清朝政府对蒙古族始终采取怀柔政策，于是清朝承继自明朝的宫廷烹调，逐渐受到满族与蒙古族的影响，形成另一个北京饮食的特色，尤其是各种点心，例如奶酪、沙琪玛、奶饽饽、勒特条等，各有其特色。

但是清朝宫廷菜确实比较单调，根据太医院膳食单记载，食材不外乎鸡鸭牛羊，直到清朝晚期，鱼翅不过用来炒肉丝。满族饮食本来就比江南单纯，因此宫廷菜与民间餐饮比较起来，反而没有太多可观之处。至于今天所谓的满汉全席，在清朝宫廷膳食记录里并没有相关记载。

北京虽然不以大菜著称，却拥有许多风味独特、令人垂涎三尺的小品，例如爆肚、搭链火烧、卤煮、面茶、门丁肉饼、烧羊肉、炸酱面、炒肝、炒红果、麻豆腐、驴打滚、芸豆糕、豌豆黄……或是源于回族、蒙古族，或是来自清朝宫廷，烹饪风格看似简单，谁在家都能试着做，其中却自有讲究，在家里就是做不出那个味道。

上文漏了一道北京代表性小吃，我知道，没写进来是因为那不是我的菜，这道小吃我真喝不了，但是，只要我说喝不了这个，就会冒出热心的北京朋友，非得请我去尝尝，他们总认为我没喝过正宗的才不喜欢。实话告诉您，越正宗我越喝不了！豆汁您来，我吃个焦圈配咸菜就很满足了！

如果说南方的佳肴像是从里到外严选细作的工笔画，北京烹调厨艺就像泼墨山水，看似随性挥洒，却自有章法，特别是画龙点睛的那一笔，常常令人拍案叫绝！

以最平常的爆肚来说，一般人只知道爆肚，但是在老北京口中却分为羊肚与牛肚，羊肚又分葫芦、食信、肚板、肚芯、肚仁、肚领、散丹、蘑菇、蘑菇头九个部位；牛肚则分肚仁、百叶、百叶尖、厚头四个种类。爆法还分为芫爆、油爆以及水爆。爆肚特别讲究火候，稍一过老就嚼不动了。

爆肚中常见的牛百叶黑白分明，口感极脆；牛肚仁雪白，水分多、口感极嫩微脆；蘑菇头得集六七头羊才得一盘，最是鲜美滑润，后韵微甜。会吃爆肚的食客，讲究从最有嚼劲的葫芦吃起，爆一盘吃一盘，每盘换一个部位，一直吃到最嫩的肚仁为止。

烧羊肉则必须用西口大绵羊，肉得切二三公斤大块，洗净后用清水浸泡漂洗半小时。然后将洗净的羊肉，以大锅滚水、大火煮一遍，称为“紧肉”；讲究的是，水开后放一块，再开再放一块，皮朝下放，肉一转硬立即捞出。

接着另取一大锅，把紧过的羊肉层层叠入锅里，摆一层肉，就得摆一层特别调制的香料，最后上头放一块大石头把肉压紧，称为“码肉”；然后将刚才紧肉的汤倒入，大火烧开之后武火熬煮两小时，称为“煮”；文火慢炖三小时，称为“焖”，这样烧羊肉才算初步完成。上桌前得用滚烫的香油反复浇淋，直到外层焦香酥脆才能上桌。烧羊肉讲究现做现吃，香脆鲜美，外酥里嫩。虽然只是一道普通菜肴，就是有这许多讲究。可惜今天已经很少见到滚烫香油浇淋的烧羊肉，大多数商家图方便，干脆搁油锅里一炸了事。

北京的吃，博杂中见保守、粗犷中显讲就。煌煌帝都，聚集各方英雄豪杰、文人墨客，饮食兼收并蓄。在这种特别的历史背景之下，北京人四面八方来者不拒，各种口味都能接受，但是对传统风味却更加保守而倔强。虽然取材粗犷，却自有其季节、烹调上的坚持，收放之间展现出雍容大度的风范，仍有其独具一格的风味。

虽不见得每个人都能欣赏正统北京风味，喜欢的人却试一次就上瘾。在北京，吃不仅是吃，得吃地道口味，吃老师傅的手艺与风范，更要吃出一菜一饭里蕴藏的文化深度与生活智慧。

麻辣天堂川菜香

我曾经以为川菜之所以风行全国，是因为川菜的麻辣和刺激。这两年到成都的机会比较多，跟川菜师傅们的交流也比较频繁。很快，我就发现，还是我草率了！川菜广受欢迎的基础，应该是它变化多端的复合味，以及出神入化的香料运用。

以复合味见长的川菜，素来享有“味在四川”之称。川菜风味包括重庆、成都、乐山、内江及自贡等地方菜的特色，以辣椒、花椒、豆瓣酱等为主要调味料，按不同搭配和比例，变化出麻辣、酸辣、椒麻、麻酱、蒜泥、芥末、红油、糖醋、鱼香、怪味等各种厚实浓郁且立体有层次的风味。举例来说，川菜名菜鱼香肉丝的鱼香味，就要求入口先甜、后辣、咸收口，味道要具备三个层次。

物产丰饶的天府之国，本身就为烹调艺术的发展提供了绝佳基础。一千多年前，西晋文学家左思在《蜀都赋》中以“金罍中坐，肴槅四陈。觞以清醥，鲜以紫鳞”来描述四川的饮食。四川独特的地理位置使得它极少遭遇动乱，中原动乱之时，外地人口大量移入，使得四川的烹调集各地口味之大成。加上四川人自汉朝以来就有“尚滋味”的传统，川菜于是大放异彩。

今天大家对川菜的认知以麻辣为主，殊不知早期的川菜并不辣。根据记载，四川人吃辣的历史不过二百多年。在此之前四川饮食最常用的香辛料是花椒、姜和茱萸，而四川所产的蜀椒更是花椒中的佼佼者。由于四川盆地气候潮湿，需要香辛料祛寒湿，因此形成了四川人“好辛香”的传统，但是川菜兼容花椒之麻与辣椒之辣的独特风味直到清朝嘉庆末年才成型。虽然今天的川菜以麻辣火爆见长，但是不辣的川菜也不少，开水白菜、樟茶鸭、甜烧白、肉片锅巴等，都是脍炙人口的名菜！

有人把川菜归纳为“三香三椒三料，七滋八味九杂”，三香指葱、姜、蒜，三椒是辣椒、胡椒、花椒，三料包含醋、郫县豆瓣酱、醪醴；七滋是指酸、甜、苦、辣、麻、香、咸，八味则是鱼香、麻辣、酸辣、干烧、辣子、红油、怪味、椒麻，九杂是指用料既多且杂。

传统川菜分成上河帮、下河帮、小河帮三个派系。上河帮又称蓉派，以成都、乐山风味为主。讲求用料精细准确，严格遵循传统经典菜谱，口味比较清淡、温和，传统菜品多，例如麻婆豆腐、回锅肉、宫保鸡丁、甜烧白、粉蒸肉、蚂蚁上树、樟茶鸭、白油豆腐、鱼香肉丝、盐煎肉、干煸鳝片等，都是上河帮的拿手菜，而且这些菜品通常都有些典故。另一个特色是小吃多，与传统川菜一样采取复合式调味，善于用汤，小吃中所用的汤大都以多种原料熬制，汤浓味美，夫妻肺片、赖汤圆、龙抄手、钟水饺、担担面、豆花、串串香等，都是其中比较著名的品种。

下河帮又称渝派，也被称为江湖菜，以重庆、达州一线的风味为主。特点是家常风味，麻辣重口，大方粗犷，而且花样层出不穷，随兴挥洒，不拘泥于材料。下河帮的菜品大多源于市井小民或路边小店，随后逐渐在市场中传开。代表作有酸菜鱼、毛血旺、口水鸡、香辣虾、水煮鱼、辣子鸡、烧鸡公、芋儿鸡、辣子田螺、辣子肥肠、泡椒鸡杂、泡椒牛蛙等等。

小河帮又称盐帮菜，盛行于自贡、内江地区。自贡的盐帮菜还分成盐商菜、盐工菜、会馆菜三种。小河帮因为自贡井盐的盐商而兴盛，盐商经济实力强大，因此小河帮是川菜中最豪华的一派，摆盘大气、口味厚重而且食材丰富，甚至有些别出心裁的怪异调味。盐帮菜的代表菜品最多：火鞭子牛肉、冷吃兔、富顺豆花、火爆黄喉、风萝卜蹄花汤、芙蓉乌鱼片、干烧鲤鱼、水煮牛肉、火爆毛肚等都享有盛名。

不过在这三个派系中，一般还是以上河帮作为正统川菜的代表。一方面，成都自古是四川省会所在，政治经济重镇，另一个原因可能是上河帮严格遵循传统，而下河帮、小河帮则不断推陈出新。

一般人认为川菜的精髓是辣椒，其实不然，辣椒是川菜重要的调味料，但川菜的灵魂其实是花椒。

辣椒也称为番椒、海椒、辣子、辣角，大约是在明朝郑和下西洋时期传入中国东南沿海，然后逐渐向全国扩展，现在几乎全中国都有辣椒的踪迹。从已知的记载可知，四川地区食用辣椒比较晚。雍正、乾隆年间的《四川通志》都没有关于种植和食用辣椒的记载。目前已知最早的记载是嘉庆末年，当时种植和食用辣椒的主要区域是成都平原、川南、川西南，以及大巴山地区。同治以后，四川才普遍食用辣椒。根据清末傅崇矩的《成都通览》所载，光绪年间辣椒成为川菜中主要的调味料之一，嗜辣已经成为四川人饮食的重要特色。

插个冷知识，名称前带“胡”字的，大多自西域经陆路传入，例如胡椒、胡麻、胡琴；而带“番”字的大多自东南亚由海路传入，比方说番茄、番椒，等等。

川菜里对于花椒真的是比辣椒更讲究。花椒主要有产于汉源、西昌一带的正路椒，也称为南路椒，特别是汉源县清溪乡和富林乡产的清溪椒质量最佳，又称为贡椒；产于汶川、金川、平武等地的大红袍，也称为西路椒。此外还有小路椒、高足椒、金阳椒等。

有一次舍妹要我带点好花椒回台北，于是我拜托成都的朋友买一点真正汉源产的贡椒，就二两贡椒，真空包装之后，还里三层外三层包得严严实实。可是回到台北，行李箱一打开，所有的衣服都得拿出来大洗一遍。

真正的贡椒，哪怕在麻婆豆腐上撒一点点，味道就跟一般市场上买的花椒，不可相提并论。可见好花椒确实与众不同。

嗜辣的地区当然不止四川和重庆，湖南、湖北、贵州与江西对于辣的热爱也不遑多让。湖南、湖北的鲜辣，贵州的酸辣，江西的爆辣都各有特色，但是既辣且麻的只有川菜一枝独秀。下回您品尝川菜，除了辣，还得细细品一品川菜的麻！那才是川菜的灵魂。

大家闺秀杭帮菜

自从隋炀帝凿通江南河之后，杭州就成为一个繁荣的城市。到了南宋迁都临安，带来了大批富豪、贵族、工匠、商人，当地的烹饪水平再一次大幅提升。

宋朝国都本来在黄河流域的汴梁，也就是今天的开封，饮食口味与烹调手法，都是长江以北的习惯。而长江以南的杭州，无论食材、烹调、口味都与江北大不相同。就文化发展来讲，当两种不同文化产生撞击时，交流、对抗形成的张力，正是新文化诞生的摇篮。

饮食文化也不例外，黄河流域的厨师来到杭州这个江南鱼米之乡，不同的食材与不同的烹调观念，肯定会对他们产生冲击；杭州的厨师也近距离接触到北方烹调观念与手法，两者交互激荡，成就了杭州烹调的高峰。

食材的搭配和调味料的使用，反映出当地的饮食特色。杭州位于江南水乡，气候温和，当地人口味清淡，平日喜食鱼虾，这些因素决定了杭帮菜轻油、轻调味、注重食材本色，讲究原汁原味、口感鲜嫩的特点。

一千多年前南宋时期的杭州，舟楫如云、帆樯如林，商旅云集，南北名厨济济一堂。当时的杭州菜分为湖上、城厢两个流派。湖上以鱼虾、禽类为主要食材，擅长生炒、清炖、嫩溜等烹调技法，讲究清、鲜、脆、嫩，注重原汁原味。城厢则以肉类为主要食材，烹调方法以蒸、烩、氽、烧为主，讲究轻油、轻浆、清淡、鲜嫩，注重鲜咸合一。

改革开放之后，经济蓬勃发展，外来人口、旅游人口大量涌入，逐渐打破了传统菜系的地域观念，为了适应市场，饮食烹饪的包容性也随之增加，各种不同调味风格，各地的特色食材汇聚、重组，让人耳目一新。

古往今来，杭州名厨辈出，名菜纷呈，且大都有典故传说。这些传说故事都是食客在餐桌上的有趣谈资。以著名的龙井虾仁来说，传说乾隆南巡时，有一天兴之所至，微服私访，在龙井山茶农家里喝到一杯龙井新茶，觉得清香可口，就向茶农要了点茶叶揣在怀里，回到市肆用餐时，拿出茶叶要伙计先沏上。伙计回到厨房把茶叶一搁，转身取茶壶、热水，没想到厨师忙乱之中，竟然把茶叶洒进正在炒虾仁的锅里。这下没法给客人交代，伙计只好把虾仁端出来，对乾隆实话实说。没想到乾隆夹了一筷子尝尝，却觉得满口清香，别具风味，遂成就了一道名菜。传说毕竟是传说，现实版龙井虾仁，用的是新鲜龙井嫩芽，取其受热之后散发的茶香，用泡过的茶叶可不行！

西湖醋鱼背后则是个寻亲的故事，传说古时候有一对兄弟，虽然满腹经纶，却宁愿隐居在西子湖边打鱼为生，不求闻达，与世无争。不料当地恶棍见到哥哥的妻子姿色动人想要霸占，设下圈套打死哥哥。弟弟向官府告状，反而被杖责。嫂嫂劝小叔外逃，行前特意用糖、醋烧了一条西湖鲤鱼为他饯行，勉励他“毋忘百姓辛酸”。后来小叔高中科考，回来寻找嫂嫂，却遍寻无着。偶然在一次宴会上吃到甜中带酸的鲤鱼，终于找到了改名换姓遁逃的嫂嫂。

然而，最有名的杭州菜，恐怕非东坡肉莫属。苏东坡从不讳言喜爱美食，他谪居黄州时，曾发明了烹调猪肉的方法，并且还写了一首《猪肉颂》加以记载：“净洗铛，少着水，柴头罨烟焰不起。待他自熟莫催他，火候足时他自美。黄州好猪肉，价贱如泥土。贵者不肯吃，贫者不解煮。早晨起来打两碗，饱得自家君莫管。”

传说宋元祐四年，苏东坡以龙图阁直学士身份出任杭州太守时，雇工疏浚西湖。百姓为了感谢太守，送来猪肉、烧酒等食材慰劳民工。苏轼叫他们把猪肉切成方块，用他的烹调方法连酒一起烧制，分给民工食用。民工觉得此肉酥香味美非常可口，就把它称为东坡肉。

宋嫂鱼羹是南宋时的名菜，周密所著的《武林旧事》里记载：淳熙六年，宋高宗赵构闲游西湖，命内侍买湖中龟鱼放生，叫来的小贩中有位卖鱼羹的妇人，名叫宋五嫂，自称来自东京，也就是今天的开封，随驾到此，在西湖边卖鱼羹为生。高宗吃了她做的鱼羹十分赞赏，念其年老，特别赐予金银绢匹。宋嫂的鱼羹荣膺圣眷的事情传出之后，声名鹊起，富家巨室争相购买，于是宋嫂鱼羹成了临安名菜。

杭州的西湖莼菜汤也十分有名，其实莼菜在浙江、江苏都有。这种滑溜的野蔬之所以有名，要感谢西晋张翰。张翰，字季鹰，吴中人，就是今天的江苏，但是他在洛阳做官。《世说新语》里记载，秋风吹起时，张翰突然想起吴中的莼菜羹、鲈鱼脍，便说：“人生贵得适意尔，何能羁宦数千里以邀名爵！”于是挂冠而归。

因为这个故事，莼鲈之思就被用作怀念故乡的代称。而莼菜、鲈鱼也成了江南的代名词。历代的诗人、词人常常以莼菜、鲈鱼来形容江南，白居易写道“犹有鲈鱼莼菜兴，来春或拟往江东”；苏轼则说“若问三吴胜事，不唯千里莼羹”；陆游也凑个热闹“店家菰饭香初熟，市担莼丝滑欲流”。莼菜羹因此成为苏杭一带特别具有文学气质的名菜。虽然莼菜柔滑的口感不见得人人接受，但冲着白乐天、苏东坡、陆放翁的面子，来到苏杭，总得尝尝文人笔下的江南风味吧！

杭州菜可以说是江南风味中的异类，它融合了黄河流域的烹调手法、杭州本地食材以及江南烹调的精细特点，形成独特的风格。取材开阔，呈现细致，确有独到之处。我形容杭州菜是大家闺秀，见过世面且气质卓群。

诗画风韵淮扬菜

虽然国际上淮扬菜的知名度不及粤菜，国内又不如川菜受欢迎，但我还是认为淮扬菜才是中国菜里最典雅的高级菜系。它具备完整的烹调体系，从野味、家常菜、小吃、到宴席大菜，每一道菜都贯彻“精选细作、助味而不夺真”的淮扬烹调精神。从最单纯的清蒸、白灼，到各种精妙的淮扬细点，繁复的宴席大菜，同样严谨考究。

淮扬菜因地区而得名，三个重镇分别是淮安、扬州、苏州。但是苏州菜的发展已经偏向浙菜系统，偏甜、偏浓重，因此淮安、扬州就成了正统淮扬菜的代表。

历史上的淮扬烹饪，可以追溯到汉朝，经隋、唐、宋、明、清而达到巅峰。

西汉枚乘所写的《七发》中，《饮食》与《游宴》各占一篇。其中有一段描写淮扬地区美食的文字："犓牛之腴，菜以笋蒲。肥狗之和，冒以山肤。楚苗之食，安胡之饭，抟之不解，一啜而散。于是使伊尹煎熬，易牙调和。熊蹯之臑，勺药之酱。薄耆之炙，鲜鲤之鲙。秋黄之苏，白露之茹。兰英之酒，酌以涤口。山梁之餐，豢豹之胎。小饭大歠，如汤沃雪。此亦天下之至美也。"

这段文字中的美食，以煎、熬、炙、烩等多种烹调方法，做出笋蒲配小牛腹肉、山肤狗肉、炖熊掌、烤里脊肉片、鲤鱼脍、野鸡、豹胎、秋蔬，等。可见，当时淮扬地区饮食生活的丰富。与其说枚乘的《七发》是讽谏文章，不如说是第一份淮扬菜单。

隋代大运河开凿，淮扬一带骤然成为运输重镇。运河贯通海、黄、淮、江、钱五大水系，北方的豆、麦、杂粮、油料南下，南方的米、茶、果、盐、水产北上，统统在扬州集散。隋炀帝三幸江都，更将长安、洛阳的北方烹调带到扬州，进而外传民间食肆，龙舟所经之处"夜煮百羊，以供酒馔"，州县上贡珍馐、厨师争奇斗艳。于是扬州厨师的厨艺第一次突飞猛进。

宋庆历八年，欧阳修任扬州知府时，修建了平山堂，经常携宾客于平山堂饮宴，此后，苏东坡又知扬州，与苏门四学士谈诗论文，饮宴会友。欧阳修曾写过一篇《初食车螯》描写他第一次吃到这种鲜美的珍馐："螯蛾闻二名，久见南人夸。璀璨壳如玉，斑斓点生花。含浆不肯吐，得火遽已呀。共食惟恐后，争先屡成哗。但喜美无厌，岂思来甚遐。多惭海上翁，辛苦斫泥沙。"

他的门生苏东坡也写过《扬州以土物寄少游》："鲜鲫经年秘醽醁，团脐紫蟹脂填腹。后春莼茁活如酥，先社姜芽肥胜肉。凫子累累何足道？点缀盘飧亦时欲。淮南风俗事瓶罂，方法相传竟留蓄。且同千里寄鹅毛，何用孜孜饫麋鹿！"两位文坛大家为淮扬菜注入了深厚的文学气息，淮扬菜典雅俏丽的文人风格经久不衰。

此后文人雅士对扬州美食的题咏，精彩纷呈。清朝著名的美食家袁枚的《萧美人糕》中描写道："说饼佳人旧姓萧，良朋代购寄江皋。风回似采三山药，芹献刚题九日糕。洗手已闻房老退，传笺忽被贵人褒。转愁此后真州过，宋嫂鱼羹价益高。"他所著的《随园食单》里更记载了二十多种扬州美食。

近代大家朱自清在《说扬州》里这样描写他的故乡："扬州最著名的是茶馆，早上去下午去都是满满的……烫干丝先将一大块方的白豆腐干飞快地切成薄片，再切为细丝，放在小碗里用开水一浇，干丝便熟了；逼去了水，抟成圆锥似的，再倒上麻酱油，搁一撮虾米和干笋丝在尖儿，就成……扬州的小笼点心，肉馅儿的、蟹肉馅儿的、笋肉馅儿的且不用说，最可口的是菜包子、菜烧卖，还有干菜包子。菜选那最嫩的，剁成泥，加一点儿糖一点儿油，蒸得白生生的，热腾腾的，到口轻松地化去，留下一丝儿余味。干菜也是切碎，也是加一点儿糖和油，燥湿恰到好处；细细地咬嚼，可以嚼出一点橄榄般的回味来。”

淮扬菜是文化内涵最深厚的菜系。探索淮扬烹饪，可以追溯到春秋，但是直到明、清两朝，由于盐商的经济实力，食不厌精、脍不厌细，淮扬菜才发展到登峰造极，形成独特的风格和体系。

明清时期扬州盐业繁荣，漕运总督常驻淮安，盐务衙门设于扬州，这两个衙门都是肥缺，八方辐辏、帆樯林立、商贾群集、文士如云，经济、文化高度发展，淮扬菜撷取各地烹调精华，秉持“精挑细作，助味而不夺真”的烹调精神，不仅发展出刀功、火功都令人惊叹的厨艺，并且酝酿出“清鲜平和，浓醇兼备，咸甜适度，南北皆宜”的特色。加上康熙、乾隆六次南巡，淮扬菜接驾更是珍馐百出。根据李斗所著的《扬州画舫录》记载:“上买卖街前后寺观皆为大厨房,以备六司百官食饮。”由于特殊的历史背景和经济地位,使得淮扬饮食文化根基之深厚,海内无出其右。

淮扬菜中一大批经典名菜,如摸刺刀鱼、马鞍桥、汤包、三套鸭、大煮干丝等,就在这个时期涌上餐桌。《扬州画舫录》记载:“烹饪之技,家庖最胜。如吴一山炒豆腐,田雁门走炸鸡,江郑堂十样猪头,汪南溪拌鲟鳇,施胖子梨丝炒肉,张四回子全羊,汪银山没骨鱼,江文密车螯饼,管大骨董汤,鮆鱼糊涂、孔切庵螃蟹面,文思和尚豆腐,小山和尚马鞍桥,风味皆臻绝胜。”淮扬菜的特色正是由它独特的地域、物产、历史、风俗、政治经济、人文等多方面的因素交互作用而成。

后人批评淮扬菜贵,这与两淮盐商、漕运官员奢华的饮食消费不无关系,但这也是淮扬菜得以日益精进的一大原因。徐谦芳《扬州风土记略》说:“扬州土著,多以盐务为生,习于浮华,精于肴馔,故扬州筵席各地驰名,而点心制法极精,汤包、油糕尤擅名一时。”盐商、盐官和漕运官员经常饮宴酬酢,形成环境典雅、菜肴细致、选料精严、食器精美的风格,也就成为淮扬菜的特色。

扬州“春有刀鲚,夏有鲥鲥,秋有蟹鸭,冬有野蔬”,一年四季时鲜珍味不断，为擅长炖焖、注重本味的淮扬菜提供了最佳食材基础，淮扬菜因而获得“食材鲜活，选料严格”的先天条件。所以淮扬菜几乎每道菜对食材都有严格要求，同时也能充分发挥食材的特点。

淮扬菜的刀工精细、菜肴形态美观堪称一绝。一块厚二厘米左右的方干，能批成十三片薄片，干丝的粗细几近火柴棒，且不连不断。冷盘的拼摆手法要求极高。扇面三拼，要诀只有“抽缝”“扇面”“迭角”六个字，但难度极大。精细的刀工，娴熟的拼摆，加上精致的色彩搭配，使得淮扬菜如同精雕细凿的艺术品。

注重本味、清淡适口更是淮扬烹调本色。既有南方的鲜、脆、嫩，又融合了北方的咸、色、浓，形成独特的咸甜适度，咸中微甜风味。经由火工的调节更体现出菜肴的鲜、香、酥、脆、嫩、糯、细、烂等不同口感。

淮扬菜最特别的是不堆砌山珍海错，没有今天高档宴席常见的参鲍燕翅，大多数名菜都取材于当地、当季的时令食材，没有居高临下的气派，而是在选料、刀工、火候、调味等细节手法上一丝不苟，精工细作、讲求韵味，淮扬菜更像写诗作画，蕴含着浓厚的文化风韵，令人回味无穷。

小家碧玉苏州菜

苏州菜一般跟无锡菜并称苏锡菜，主要以苏州、无锡两地风味组成。苏锡一带精于烹调，历史上早有盛名，不过最著名的记载却是一起“烤鱼谋杀案”。

《吴越春秋》记载，吴国公子光意图刺杀吴王僚夺取王位，于是在伍子胥帮助下，找到猛士专诸。为了制造行刺的机会，公子光安排专诸向太湖边的烹调高手太和公，学做吴王僚最喜欢的一道菜——炙鱼，等到专诸厨艺学成，公子光借口邀请吴王僚来自己府邸品尝太和公亲传的炙鱼，专诸将著名的利刃鱼肠剑藏在鱼腹里，趁着上炙鱼的时候，近距离刺杀吴王僚。所以说，喜欢吃烤鱼的朋友，各自当心啊！据说因为这个典故，后来的饭馆酒肆，只要上全鱼，一定把鱼腹朝向客人，成为一种惯例。

《姑苏志 · 风土志》也有关于吴地之人喜食鱼、善烹鱼的记载。隋唐之后，大运河南段通航，苏州商客云集，隋炀帝南巡时就有吴郡进献蜜蟹，“贴以镂金龙凤花鸟，为食品第一”的记载。苏锡一带，河湖密布，盛产鱼虾，苏州又西临太湖，三万六千倾茫茫水域，盛产银鱼、白鱼等高级水产。唐朝时就以水产鱼虾为主要食材，并且出现了以荷叶包裹食品增香的巧思，白居易曾经写下:“卯时偶饮斋时卧，林下高桥桥上亭。松影过窗眠始觉，竹风吹面醉初醒。就荷叶上包鱼鲊，当石渠中浸酒瓶。生计悠悠身兀兀，甘从妻唤作刘伶。”其中的“鲊”就是一种用盐、醋等调味料腌渍的鲜鱼。

由于苏州河道遍布，画舫、游船所在多有，于是又流行起船宴，食客在船上一边欣赏周围美景，一边品尝珍馐美食。这种饮食文化一直延续到明清时期，船宴中的船菜和船点，经历不断的传承、变化，成为苏州饮食中的精品，有“吴中食单之美，船中居胜”之说。

船菜最具苏州特色，绝大多数就地取材，以太湖盛产的鱼、虾、蟹等为主要原料，并以最能保持食材原味的清蒸、白灼等手法烹调，鲜嫩可口、原汁原味。船菜另一个特点就是除了主菜，必定添几道素菜，食材大多是茭白、莲藕、水芹、芡实、慈姑、荸荠、莼菜、菱角之类，而最常见的这八种水生食材，还被称为“水八仙”。船菜中的素菜，大多巧妙运用当季水生植物及岸边的时令鲜蔬，烹制成爽口的青蚕豆、冬笋菜心、醋熘茭白、清炒马兰头等。

根据记载，明末清初，苏州最有名的是四艘大型画舫的船菜，并有各自的“镇船名菜”——王家的八宝鸭，谢家的荷叶粉蒸肉，杨家的西瓜鸡，蒋家的蟹粉鱼翅，都是令食客津津乐道的佳肴。

船点则以细腻精致的手工点心著名，通常采用米粉和面粉捏成各种动物、水果造型，如荸荠、鹦鹉、兔子、柿子、橘子等，一般动物造型用咸馅，植物造型用甜馅。捏制手法精巧，成品惟妙惟肖。

虽然我各地游荡，吃得算是宽泛，但在船点面前还是翻了一次车！好多年前在上海绿波廊进行拍摄的时候，船点大师陆亚明师傅特别做了一篮水果，精巧程度几可乱真，当时我就没敢动，因为我想起北方宴会中有一种仅供观赏，不能吃的看碟，直觉把船点当成看碟，从头到尾没敢动，怕露怯。同行的摄制组同事们，看我没动，他们也不敢动，于是，散席后这篮水果原封不动被收回厨房。

过了两年，为船点再访陆师傅时，聊起当年那一篮水果，才知道那就是苏州著名的船点。陆师傅说，当年他也很惊讶，这么精彩细致的船点，为什么一点都没动，又收回厨房。不怪陆师傅，这得怪我，学艺不精，出了洋相！

乾隆年间常辉的《兰舫笔记》中记载“天下饮食衣服之奢未有如苏州者”。乾隆六下江南，每次都要驻跸苏州。清朝《清稗类钞》中的十处“肴馔各有特色者”就包括苏州，可见当时苏州烹饪之发达。但是苏州菜的取材不以珍奇为贵，重视博采时新、因材而作。食材应时则贵，失时则廉。应时路边野草也是珍品，过时山珍海味也难入名店之门。

烹调方法繁复，也是苏菜特色之一，常常一菜多法，因物性、节令而变，尤其擅长炖、焖、煨、焐等火工菜。文火、密封一气呵成。“蜜汁火方”“酒焖踵”“黄焖鳗”等都是苏州传统火工菜的代表作。

苏州菜口味崇尚清雅醇和，浓淡有节。视过于腥、膻、辣、酸等味为大忌。鱼、肉类食材必定要加葱、姜、酒去腥，其中酒的用量尤其重，而且必须是绍酒。复合味则讲究君臣佐使，大多数菜不加糖，或稍微加糖，为的是提鲜、中和、润色，增加味觉的立体感，但不一定会吃出甜味。红烧菜加糖比较多，但讲究咸中带甜、甜出头咸收口。

苏州的名菜中最考验功夫的是松鼠鳜鱼，这道菜是苏州菜的经典，用整条鳜鱼去骨、翻身、花刀，拍干淀粉，炸后浇汁，口味酸甜，炸后鱼肉仿佛如松鼠之毛，上翘的鱼尾犹如松鼠之尾。这里所说的翻身可不是翻面，而是把整条鳜鱼去刺之后，经由杀鱼时在鱼腹划开的口子，把整条鱼翻出来，变成鱼皮在里面，鱼肉在外面。这一手功夫，我亲眼见过已经仙去的上海菜泰斗李伯荣老师傅示范过一次。此后再也没见过。

现在，不管到哪儿吃松鼠鳜鱼，估计“翻身”这个绝技，已然绝响！

鲃肺汤用太湖特产的鲃鱼肝与鱼肉，辅以火腿、香菇、笋片等，清鸡汤氽熟，调味而成。鱼片稍向内卷，色白而淡青，鱼肝呈淡黄色，汤清鲜，鱼肉肥嫩，是夏秋季的时令菜肴。据说这道汤原本叫“斑肺汤”，20 世纪 20 年代，著名书法家于右任到太湖赏桂，归途中路过木渎，到镇上石家饭店用餐。店家特地做了道斑肺汤。没想到于老先生对此汤情有独钟，赞不绝口，即兴挥毫写下：“老桂开花天下香，看花走遍太湖旁，归舟木渎犹堪记，多谢石家鲃肺汤。”从此斑肺汤也被称为鲃肺汤。其他如莼菜氽塘鱼片、清烩鲈鱼片、太湖莼菜羹、清蒸太湖白鱼、樱桃肉、梁溪脆鳝等也都各擅所长。

虽然苏州菜经常与无锡菜并称，但苏州菜没有无锡菜那么甜。与杭帮菜比较起来，两者都具有“擅用时鲜、不时不食”的江南饮食特色。长江下游，四季分明，一年四季各有不同物产，饮食极为讲究应时当季。然而从风格上来说，杭帮菜华丽具富贵气，如同大家闺秀；而苏州菜则清雅带书卷气，恰如小家碧玉。

含冤抱屈说徽菜

走在黄山市街头，随处可见“徽州土菜”的招牌。黄山是旅游城市，餐厅饭馆多并不稀奇，让我惊讶的是，把徽菜打上土菜标签，难道当地餐饮从业者都不知道徽菜的历史渊源与定位吗？这么一个历史悠久的高级菜系，定位成土菜，实在让我为徽菜抱不平。徽菜是顶级菜系淮扬菜的重要根源，而且过去上海的徽菜馆，口袋里没有点银子，可是吃不起的。这一篇长文就是为徽菜申冤而写。

徽菜，一般以为是安徽菜，事实上这是偷换概念，真正的徽菜是徽州菜，不是安徽菜。历代徽州人民在黄山一带创造出来的高级菜系。不包括安徽北部的合肥、蚌埠等地。

古代的徽州大致以黄山为中心，并且包括江西婺源一带。徽州始于隋文帝开皇九年所设置的歙州。宋徽宗宣和三年将歙州改为徽州，除了元末大约有十年左右改称兴安府之外，徽州这个名称一直沿用到民国时期，废府留县时才废除，时间长达七百八十年之久。

文化的跳跃式发展，通常都需要一些外来刺激，饮食文化也不例外。每个地区的原始烹调都是当地的平民饮食，这种原始饮食根植于当地的物产，并且受到当地气候、生活习惯等因素影响，在当地根深蒂固，具有极大的黏着性，轻易不被动摇。即使外来人口带来的异地饮食文化再强大，也无法完全改变当地的传统饮食文化，所产生的是一种渐变式影响。外来饮食文化的某些元素与当地饮食文化逐渐融合，如果能够经受住时间的洗礼，逐渐生根，久而久之，就成为当地饮食文化的一部分。

徽菜的发展正是如此，徽州位于山区，山清水秀，但耕地有限，食材以山林溪涧中的山珍为主。地理条件制约下，古代徽州人口不可能太多，它的第一次人口大量移入出现在魏晋南北朝。塞北游牧民族联盟趁中原西晋王朝衰弱，大举南下，彼此征战并与西晋政权对峙，百余年间，北方各族及汉人前前后后在华北、西北建立十多个政权。

由于中原大乱，晋元帝南渡长江，迁都建业，也就是今天的南京。中原士族相随南迁，世家大族、文人、农民、工匠、商贾等纷纷逃到南方，史称“衣冠南渡”。《晋书·王导传》记载，“洛京倾覆，中州士女避乱江左者十之六七”，也就是说，南迁人口几乎超过半数。他们带着相对成熟的工艺、农业技术、人文思想、艺术、商业知识等，大幅促进南方的经济和文化发展，使江南日渐富庶繁华，最终取代中原，成为经济与文化重心。

徽州就是当时南迁人口的落脚地之一，南迁的外来人口承继中原世家大族的深厚底蕴，崇尚儒学，知书达礼，文化积淀深厚。为后来徽州的新安医学、新安理学奠定了基础，甚至于明清时期名满天下的徽商，同样具有相当高的文化素养，并以“儒商”自居。

今天我们所见的徽菜就从这个时候开始，以当地传统食材与饮食习惯为基础，加上中原世家大族的烹调风味后逐渐成形。由于中原到徽州千里迢迢，迁移逃难路上也得满足基本饮食需求，因此往往要将食材以腌制、晒干等方法处理，便于保存携带，烹调也以适合反复加热的煨、煮、熬、炖为主。这种烹调与食材处理方式不只出现在徽菜，客家菜、闽菜之中也有不少类似的烹调手法。

山多地少的徽州，人口增加之后无法提供足够的耕地，因此徽州人必须另谋生路。许多徽州人少年时期就前往外地工作、经商，他们的足迹遍布全国，甚至远达日本、东南亚各国，克勤克俭、兢兢业业、亦儒亦商，使他们赢得了“徽骆驼”的美称，并且形成中国商帮中文化底蕴最深厚的徽商。

见多识广的徽商，回到家乡时将各地烹调风味带回徽州，使得徽菜融会贯通、兼采众长。在物产丰富、文风鼎盛，而且经济实力雄厚的环境孕育下，徽菜的讲究与精致可想而知。所以徽菜并不是所谓的安徽土菜，源自徽州的正统徽菜，味道醇正厚实，不走偏锋，取材用料极为讲究。

就以一道经常被误解的绩溪名菜“一品锅”来说，老是有人说这道菜是绩溪农家菜，其实不然，一品锅里的干豆角要用煮五花肉的肉汤先煨过，笋块要用鸡汤煮过。中心摆上笋块，外层铺上干豆角，周围再铺上五花肉、鸡肉，表面码好蛋饺，四周交错围以新炸的肉丸子、油豆腐，再加上煮肉的原汤，熬煮到味道完全沁透，咸鲜微辣，极为开胃适口。清冽微寒的山区天气，上个鲜烫热辣的一品锅，每个毛孔都服服帖帖，这种精细的做法岂是农家菜？

近代学者胡适先生是绩溪上庄人，对一品锅情有独钟。据说胡适担任北京大学校长时，每逢家中设宴款待客人，看家菜必定是一品锅，因此绩溪的一品锅也被称为“胡适一品锅”。

用陶锅上桌，是徽州饮食一直以来的传统，因为徽州位于山区，气温较低，能够保温、加热的陶锅，才能让细致的煨炖菜肴始终鲜美滚烫。看到陶锅就认为是农家菜，纯粹是先入为主的误会！

擅长烧、炖、蒸、煮的徽菜是时间与温度的艺术。普通的碳元素在地壳极大的压力、极高的温度和长时间淬炼下成为闪闪发光的钻石；徽州食材则在徽州厨师精细的火力控制下，经历时间的酝酿，成为一道道席上珍馐。

最初徽菜以歙县为重镇，后来由于新安江畔的屯溪成为“祁红”“屯绿”等名茶，以及徽墨、歙砚等特产的集散地，商贾云集，徽菜重心也就转移到了屯溪。凡是饮食的精致化，都必须有雄厚的经济实力作为后盾，有足够的消费能力与消费人口，才能够支持一个菜系的发展。经济实力雄厚的徽商，使得徽菜很早就以精致、美味闻名，过去上海的徽菜馆一直都是有钱人才消费得起的高档餐厅。

中国菜系之中，徽菜、闽菜系出同源，都根源于衣冠南渡时流传到南方的中原风味，但是最终发展出两种截然不同的面貌，其中一个重要因素，就是地理环境与物产的差异。徽州山清水秀，盛产山珍、河鲜、禽畜等，成为徽菜取之不尽的食材宝库，同时也形成徽菜重山珍河鲜的风格。包括石鸡、石斑鱼、马蹄鳖等产于高山溪涧的珍品；香菇、板栗、石耳、鲜笋、蕨菜、葛根等山野时蔬；以及鸽子、山鸡等禽类，都是传统徽菜的基本食材。北宋著名诗人梅尧臣曾有一首诗写道："吾乡虽处远，佳味颇相宜。沙水马蹄鳖，雪天牛尾狸。寄言京国下，能有几人知。"正是徽菜特色的写照。

据说徽州山区可食用的蔬菜、水果、菌菇、根茎、山笋、野菜、药材等就有八百多种。蕨类尤其是广受欢迎的野菜，当地人用它的嫩茎与肉丝同炒，称为"龙爪肉丝"，是徽菜中一道名菜。晒干制成的蕨菜干更易于存放，成为一年四季都有的美食。

葛粉则是从葛根中提取的淀粉，为徽菜增添了许多菜色，也是当地特色之一。南宋洪咨夔所作《劚葛行》中写道："晨鸡未号霜塞途，前村后村递招呼。长镵短篝采葛去，冰满髯鬓风无襦。频年米贱置不问，高藤稠叶青扶疏。但闻酒渴欲吞海，一片两片甘于酥。山深土厚雨露足，造物巧为凶年储。纸钱挂树跪致祝，地媪发閟何其都。初疑大泽龙蛇蛰，又疑京观鲸鲵屠。防风氏骨硕且大，毋陀罗臂修而腴。赪肩下山日未晡，候门迎路欢妻孥。松明燃火砖地炉，且削且捣投冰壶。细如桄榔滑如菰，白如人面柔如肤。和以粉米随所须，饼饵其精饭其粗……”生动描绘了绩溪人采集、制作和食用葛粉的情境。

徽菜中还有著名的“三石”：石耳、石鸡、石斑鱼。石耳形状近似木耳，攀伏生长于悬崖峭壁上，饱受日晒霜凝。绩溪百丈崖的石耳尤为珍贵，生长于八百米高的石崖峭壁之上，每年只有一次开放采摘时间。徽菜中的石耳炖鸡、石耳老鸭煲、石耳豆腐丸等名菜都得益于石耳的滋润。清人黄钺曾赞誉：“石耳生阴崖，人间绝此味。”

高山峡谷的水溪石洞中，还栖息着许多肉质鲜嫩的石鸡。这是一种野生蛙类，当地人用它烹制出了红烧石鸡、清蒸石鸡、石耳炖石鸡等名菜。

山涧溪流的清凉深水中还有一种生长缓慢的石斑鱼，最重不过三两，长不过十五厘米，全身斑马纹。肉质厚实细腻，红烧、清蒸之后，鱼香尽释。

以“三石”为原料的菜肴都是徽菜中的上品。不过这种石斑鱼已经被列入濒危物种保护名单，再也吃不到了。

诸多食材之中，徽州火腿是徽菜中非常重要的佐味食材，传统徽菜以咸鲜为基调，但徽菜的咸并非来自盐，而是巧妙运用火腿所形成的咸鲜风味。此外，笋也是徽菜的重要食材，徽州到处都有竹林，本身盛产竹笋，笋的种类多，吃法也多。除了鲜笋之外，晒干、腌制的都为徽菜增色不少。我认为徽州火腿风味比金华火腿还要出色，可惜徽州火腿产量很低，极少输出到外省。

臭鳜鱼可能是最著名的徽菜代表作，相传二百多年前，徽州北边长江沿岸的鱼贩，用木桶装鳜鱼挑到徽州贩卖，为防止鲜鱼变质，采取一层鱼浇一层淡盐水的办法，沿途经常上下翻动，抵达徽州时鱼鳃仍是红色，鳞不脱，质未变，只是表皮散发出一种似臭非臭的特殊气味，但是洗净后经热油稍煎，细火烹调，非但毫无异味，反而鲜香无比。更因为盐水浸泡的缘故，鱼身略微脱水，细嫩的肉质更紧致，口感更佳，成为脍炙人口的佳肴。

另一道广为人知的是毛豆腐，让豆腐发霉，表面长出一层白色茸毛，所以称为毛豆腐。豆腐在霉菌作用下，蛋白质分解成氨基酸，味道比一般豆腐更鲜美。虎皮毛豆腐因茸毛煎过之后呈虎皮条纹而得名。据说朱元璋某次兵败徽州，逃至休宁一带，腹中饥饿难熬，命随从四处寻找食物，一位随从在草堆中搜出逃难百姓藏在此处的几块豆腐，但已经发霉长毛，因为实在没东西吃，随从只得将毛豆腐放在炭火上烤熟给朱元璋吃。不料豆腐味道十分鲜美，朱元璋转败为胜后，下令随军厨师制作毛豆腐，犒赏三军，后此做法遂在徽州流传下来。

徽菜经过一番洗礼之后又跟随徽商的足迹，散布到全国各地。以清朝来说，富可敌国的扬州盐商大约有六成来自徽州。因盐商而起，极为精致讲究的淮扬菜，根源正是徽菜，至今著名的扬州菜“大煮干丝”所用的豆腐干，还是以“徽干”为正宗。随着徽商的发展，徽菜逐步渗透到整个长江三角洲，甚至遍布全国，成为中餐版图中的佼佼者。历史渊源深厚，山珍食材丰富，还有数百年徽商雄厚的经济实力与文化素养的支持，使得徽菜的精细，远非一般土菜所能比拟。

中原古意福州菜

虽然福建在古代史被列为“南蛮”之地，但是早在秦朝就被纳入版图，设为“闽中郡”，唐朝中期再改为“福建道”，中原文化很早就传入福建。因为西部山脉的阻隔，福建与中原交通不便，中原的动荡变化较少影响到福建，这种地理位置的边缘化，竟让福建意外保存了传统的汉唐中原文化。连带着在饮食文化上，闽菜也具有浓郁的古意！

我曾经自认口味庞杂，无所不吃，并以此为傲，现在才发现，只是时候未到。年过半百之后，太辣、太油、太酸、太咸都吃不了，大鱼大肉的硬菜也只能浅尝即止。食量更打了对折！与此同时更加偏爱家乡风味，台菜以及台菜的根源闽菜，吃得更加舒坦适口。

闽菜一般分为福州、闽南、闽西三个支系。今天我们只聊福州菜。福州是个特别的城市，福建多山，由于地形的分隔而方言众多，不过福建方言大同小异，虽然我讲的属于厦门话，但半懂半猜，其他地区方言多少也能听懂七七八八。福州话则不然，它几乎完全脱离闽南话系统，像个孤岛，只有讲福州话的人之间才能顺畅交流。

福州菜的范围则大一些，包括泉州菜与厦门菜，菜肴清鲜淡爽，略偏酸甜，讲究吊汤提鲜，以擅用红糟、虾油闻名。

在台湾我也尝过不少红糟调味的菜肴，但是品尝了福州的红糟菜之后，才发现真正的好红糟，不仅颜色鲜红耀眼，还带有浓浓的酒糟香。

红糟虾、红糟肉外层酥脆，里层柔嫩；荔枝肉滋味浓郁，糟香扑鼻；带汤的红糟鱼唇甚至还有酒味，对于我这种酒量趋近于零的老饕，吃带汤汁的红糟菜可是会醉的！

幸好，福州菜不仅有红糟，其他特色也不少。特别值得推荐的当然是福州菜的登峰造极之作——佛跳墙，这道菜使用的原料所费不赀，文火慢炖原汁原味，揭盖浓香四溢，入口唇舌胶结。

相传这道菜是清同治末年，福州钱庄老板设宴招待福建布政使周莲，由钱庄老板夫人亲自下厨，采用鸡肉、鸭肉、猪肉、海参、鱿鱼、鱼翅、干贝、虾米、蹄筋、火腿、羊肘、鸽蛋、冬笋等多种原料，以绍酒、冰糖、姜片、桂皮等调味，密封在绍酒缸内，文火煨制而成，因为食材应有尽有，所以最初取名为“福寿全”。

这道菜让周莲赞不绝口，回去就命家里的厨师郑春发前来求教。郑春发在用料上偏重海鲜，味道更加鲜醇。后来郑春发离开布政使衙门，在福州开设“聚春园”菜馆，就以佛跳墙闻名。传说有几位秀才慕名而来，品尝之后果然不同凡响，于是吟诗赞曰:“缸启浓香飘四邻，佛闻弃禅跳墙来。”从此这道菜被称为“佛跳墙”。

福州靠海，福州菜当然少不了海味，大海螺切片清炒，爽口脆嫩；拇指大小的蛏子，肥硕鲜嫩，盐烧、辣炒，随心所欲，无一不美；晒成蛏干之后与羊肚一同炖煮，就是鲜到极致的名菜“蛏干羊肚”；著名的“鸡汤汆海蚌”则是与佛跳墙齐名，更为难得的国宴珍品，郁达夫形容它是“色香味形俱佳的神品”。

海蚌是生长在滩涂地里的贝类，虽然日本、印度、中国沿海都产海蚌，但是以我国闽江口漳港一带所产品质最佳，称为“漳港蚌”。珍贵的参鲍燕翅都是干货，海蚌却讲究生猛。漳港蚌产量本来就不大，生长期还特别长，长成一个大海蚌大约需要六年时光，所以漳港蚌的售价可比大闸蟹要贵得多！

海蚌还有个别名——“西施舌”，传说越王勾践卧薪尝胆，并且将美人西施献给吴王，以美人计智取吴国。灭了吴国之后，西施又回到越国，越王勾践的夫人妒忌西施美貌，也担心美人误国，于是命人将西施沉入大海。从此沿岸的海滩上便长出了这种海蚌，它的足部伸出时酷似人的舌头，所以被称为西施舌。

海蚌集细、嫩、脆、鲜于一身，只有用熬得浓郁鲜美的鸡汤来汆烫，极热的鸡汤汆烫转瞬即熟，趁热入口才能保持海蚌的鲜甜嫩脆，不辜负大自然的美味奇珍。

福州的传统宴席上，还有一道必不可少的佳肴，那就是号称“肉包肉”的肉燕，也称为扁肉燕。相传明朝年间，福建浦城有位告老还乡的御史大人，家居山区，山珍吃多了便觉得平淡无奇。于是他的家厨取猪腿肉，用木棒打成肉泥，掺上适量番薯粉，擀成其薄如纸的薄片，再切成三寸见方的小片，包上肉馅，做成馄饨。御史大人吃过之后觉得滑嫩清脆、醇香沁人，急忙问是什么点心，因为形状如同飞燕，厨师随口起名“扁肉燕”，从此成为一道名菜。而这种用猪肉制成的皮子，就被叫作“燕皮”。燕皮也能包其他的馅料，统称“燕饺”。

福州习俗肉燕与鸭蛋同煮，因为福州话里鸭蛋与“压乱”“压浪”谐音，寓意太平和风平浪静，所以这道菜有“太平燕”之称。这道美食不仅是宴席上的精品，也是福州著名的特色小吃。福州喜宴上，必定有这道菜，这道菜上桌之时，就是新郎新娘开始一桌一桌敬酒的时候。

取新鲜鱼肉加番薯粉拌成鱼浆制成的“福州鱼丸”，也是富有福州特色的小吃之一，细致弹牙的鱼丸里包着猪肉、虾皮等食材制成内馅，皮薄均匀、洁白晶亮，咬开鱼丸，内馅饱含汤汁，鲜美、滑润、清爽兼备。

此外，传说中源自明朝大将戚继光的“光饼”同样别具一格。据说明嘉靖年间，戚继光率军入闽追击倭寇，战况紧急时，士兵经常无暇吃饭，于是戚将军下令，烤制一种最简单的小面饼，中间留一小孔，用麻绳串起让将士们挂在身上充当干粮。后人感念戚继光，就把这种小饼称为“光饼”。在福州不仅能够吃到正宗的光饼，还有将红糟肉夹到饼里的吃法，更加美味丰盛。

台湾也有这种传统食物，不过与福州、泉州有一点差异，台湾的光饼分为咸、甜两种口味，咸口的表面沾满芝麻，干嚼时特别香！

福州菜与福州美食地方特色明显，同时还带着传奇色彩，来到福州品尝名菜、小吃，不仅一饱口福，更能借此认识福州的历史文化，一举两得。

洛阳水席传千年

大名鼎鼎的“水席”，可不是豪横的“流水席”，究竟两者有什么不同之处？什么是水席？又为什么叫水席？且听我慢慢道来。

先说说流水席，流水席是一种阔气的宴席形式，请客的主人只定下每一桌宴席的金额，没有人数、桌数的限制，宾客如流水，凑齐一桌就开席，一桌吃完就散席。究竟花了多少钱，得到最后结账才知道。只有大富大贵之家，遇到特别的喜庆，才能偶一为之。

水席则是以菜品的特殊形态而得名。这种宴席中，大多数的菜品佳肴都带着点汁水。整桌的水席，正是洛阳最高规格的宴席，也是豫菜中的皇冠！

豫菜可以说是中国烹饪艺术的发端。河南一带本就是仰韶文化的彩陶、殷商时期的大鼎，以及大批青铜器出土的地方，这些青铜器虽然后来都用作祭祀礼器，但是最初大多数都是餐桌上的食器，或是厨房里的炊具！说起烹饪的历史，河南可是源远流长！

豫菜是中原烹饪文化的代表，而中原烹饪文化曾长期位居中国烹饪文化的主流。郑州、安阳、洛阳、开封这些古都名城都是河南烹饪文化发展的里程碑。

从商朝宫廷的三羹：大羹、和羹、铏羹；五齑：昌本、脾析、蜃、豚拍、深蒲；周朝的八珍：淳熬、淳母、炮豚、炮牂、肝膋、渍珍、熬珍、捣珍；隋、唐时期洛阳东西两市的宴会，到北宋汴京宫廷、市肆的繁华饮食，源自河南的名菜不在少数。深受古代宫廷饮食影响，至今豫菜的特点仍然温和内敛，不追捧风潮、刺激，没有虚华、浮夸，不以华丽为上，而以醇厚为贵。

发源于洛阳的豫菜虽然在北宋南迁之后失去了核心地位，但是长期以来中原饮食的“中正平和”风格，仍然是它不变的指导原则。豫菜于酸甜苦辣咸五味之间求其中、求其正；溶五味于一炉而求其平和。这种“中和”的概念，正是中原烹饪文化的根本。豫菜借中原核心的地利条件包融五味，再随着历代分封各地的诸侯，影响遍及全国各地。就如姜子牙封于齐、周公封于鲁，早在周朝时期就把中原的烹调与饮食文化带到了山东。西晋末年中原大乱，中原世家大族纷纷南迁，又将中原饮食文化带到江南，甚至闽粤。至今闽菜中大多带着汤汁，正是来自中原，与洛阳水席相互辉映。

身为豫菜发源地的洛阳，最著名的宴席就是水席。据说洛阳水席始于唐朝，至今已有一千多年的历史，是中国迄今保留下来，历史久远的名宴之一。

水席与洛阳的地理、气候直接相关。洛阳四面环山，地处盆地，少雨干燥，天气寒冷，因此民间膳食多用汤类，喜欢酸辣以抵御干燥寒冷。洛阳百姓习惯使用当地出产的淀粉、莲藕、山药、萝卜、白菜等食材，烹调出经济实惠、汤水丰盛的宴席，就连王公贵族也习惯把主副食品放在一起烹煮，久而久之形成极富地方特色的洛阳水席，并逐渐形成“酸辣味殊，清爽利口”的风味。因为每道菜都离不开汤汤水水，所以被称为水席。

完整的洛阳水席极为丰盛，全席二十四道菜，其中包括八冷盘、十六热菜，十六热菜里包括四镇桌、八中件、四扫尾。

开席先摆上四荤四素八道冷盘，酒过三巡再上热菜。首先上四镇桌，每上一道镇桌菜得跟着上两道中件（也叫陪衬菜或调味菜），三道菜同时上桌称为“带子上朝”；上完四道镇桌菜加八道中件，最后还得上四道扫桌菜，其中必定包括一碗蛋皮汤，这道汤别称“送客汤”，这道汤上桌就代表菜已经上齐了。

水席的另一个特点是素菜荤做。例如水席中有名的镇桌菜“牡丹燕菜”，主料并不是燕窝，而是普通的萝卜，但是这道菜制作十分精细。白萝卜切细丝，浸泡沥干，拌上绿豆粉芡进笼屉稍微蒸制，然后泡进凉水中撕散，调味，蒸成形状如同燕窝的萝卜丝。配以蟹柳、海参、火腿、笋丝，再上笼蒸透，然后浇上清汤，配以胡椒粉、香油，味醇、质爽，十分爽口。食材虽然普通，但经过厨师妙手烹制，便脱胎换骨，让人叫绝！

以红薯粉条、红薯淀粉，加上肉汤做成的“假海参”也是水席里一道以素代荤的名菜，不仅形态逼真，而且用来烩汤口感极佳。“焦炸丸子”则是将粉条泡发，剁碎调味后，以面粉、淀粉拌匀，捏成丸子。飞两次油，炸到焦香酥脆，上桌时浇上酸辣口的热汤，也是以素代荤的著名镇桌菜。荤菜中的“连汤肉片”“腐乳肉”“五柳鱼”等，都是水席上的名菜。

洛阳水席并没有固定菜单，每家餐厅的搭配都各有其独特之处，但是其形制，大多还是依据传统。有机会到洛阳，不妨尝试一下这种流传千年的著名宴席。

辑三

四时有味

早餐杂谈

小时候家里的早餐，通常是烤吐司面包、黄油、芝士、煎鸡蛋、英式红茶。于是我理所当然地认为早餐，甚至家家户户的早餐都应该是这个样子。直到年纪渐长，才知道原来早餐还有烧饼、油条、豆浆、白粥、小咸菜、馒头等，各式各样的组合。而我家的简配西式早餐，完全是因为家父的饮食习惯。

我家常见的虽然是西式早餐，但是您可别当它是今天的高级西式早餐，我家的吐司是那种一切开就掉渣的老式吐司，黄油、芝士不过是最常见的安佳，红茶也就是立顿袋泡茶。唯一奢侈一点的是，家父喜欢在热红茶里加一小勺白兰地，白兰地受热挥发出来的香味特别好闻。后来餐桌上也开始出现咖啡；没错，就是雀巢速溶黑咖啡加上咖啡伴侣，家父还会在咖啡里加上一小勺尊尼获加威士忌。

早餐这件事情上，带着我开眼界的是外祖父，一位温和慈祥的儿科老医生。读初中时奉家母之命，每到周末，得陪外祖父打球，大清早五点钟就得到球场，打完球大约六点半，外祖父带着我，祖孙俩一块儿吃早餐。虽然只是寻常街边小店的简单早餐，烧饼、油条、豆浆、豆花、馅饼、小米粥、水煎包、味噌汤、小馄饨、小笼包、蛋饼、饭团、现做三明治等，这才发现，原来早餐还有这么多种类，还可以这么丰盛。附带提一句，我的外祖父喜欢咸豆浆，于是豆浆，我也成了“咸党”的拥护者，不过豆花我还是支持“甜党”。

定居北京之后，由于工作需要，经常到各地出差，也就有了见识各地特色早餐的机会。广州的一盅两件，扬州的干丝、千层油糕，上海的油条、糍饭团，天津的煎饼果子，北京的油饼、豆腐脑，武汉的面窝、热干面，成都的酸辣粉，昆明的饵块、破酥包，当然还有犯懒时酒店里的美式早餐、欧陆早餐。

虽然我的口味五湖四海，几乎无所不吃，但成都大清早的一碗酸辣粉，还是把我折腾得够呛！辣得我的肠胃一整天都在抗议。

除此之外，绝大多数早餐都挺美好。特别是广州早茶，精美的点心、悠闲的氛围，最有意思的是吃早茶的芸芸众生，先来的是要上班的白领，一壶茶、两份点心，看看报、划划手机，不疾不徐吃着早餐；第二波是结束晨练的老人家们，三五成群落座，一壶茶、几份点心大家分享，东家长西家短，其乐融融；第三波是拿茶楼当写字楼的老板们，他们各据一方，似乎都有各自习惯的座位，老板们安坐不动，人来人往一波波地谈生意做买卖。慢慢地，我也习惯跟同事、合作方约在茶楼碰面，比起呆板的会议室，茶楼的氛围轻松多了！

武汉的过早又是另一种情调，热干面、三鲜豆皮、糊汤粉、面窝、重油烧梅等，琳琅满目。赶着上班、上学的人群，公交站牌下一字排开，人手一碗，毫不浪费时间，个个吃得不亦乐乎！每回看到这个积极向上的景象，总让我不知不觉加快步伐，心里默念着“一寸光阴一寸金，寸金难买寸光阴”。

我的老家有一种特别的早餐小店，其他地方比较少见。小摊子架上一座煎台，上头煎着荷包蛋、西式火腿片、培根，还有萝卜糕，旁边一溜烤面包机，烤着切片吐司面包；现点老板现做，火腿蛋三明治、鸡蛋三明治、金枪鱼三明治、培根蛋三明治，不仅种类繁多，吐司还能选择切边或不切边，做好了纸袋一装，拿着就开吃。对了！旁边还有两个大保温桶，一桶红茶，一桶咖啡。当然，这种非常接地气的平民西式早餐，所用的食材肯定很普通；但是，有时候就是想吃一口接地气的平价三明治，喝杯几乎没有咖啡香的咖啡！

虽然这些年见识过各地的特色早餐，但家里数十年如一日的早餐养成了习惯，直到今天，我的居家日常早餐，还是两片黄油吐司加一杯拿铁最为落胃！

爱上霜冻大白菜

老实说，以前我并不喜欢大白菜，不知道是品种还是水土的关系，台湾的大白菜不够脆，不够甜，还带着一丝土腥味。除了熬炖，实在谈不上好吃。包白菜猪肉饺子、炒醋熘白菜都不行，拌白菜心就更甭提了。

移居北京之后，最初住在板楼里，每到冬天，楼道里总弥漫着一股似酸非酸的味道，似乎是某种食品将要腐烂而还没腐烂；天气冷，楼道里窗户紧闭，味道越发浓烈。

不久，我就发现，味道来自楼梯转弯处一堆一堆的旧报纸。好奇地翻开一看，原来里面都码着大白菜，几乎家家户户门前都有，有的巍巍然如同高山，有的起伏曲折如同丘陵。外层的菜叶就是这股怪味的来源，说不上难闻，但跟香味绝对沾不上边。

慢慢了解北方饮食习惯与当地食材之后才知道，原来北方的大白菜并不是一年四季都好吃，它本来就是秋冬的季节性蔬菜，最好的是在霜降之后。经过霜冻的大白菜，就像酿造冰酒的葡萄一样，水分含量自然降低，甜度增加而且口感更加爽脆。

过去一入冬，北方只有大棚能种青菜，南北运输又不方便，大棚里种的蔬菜、南方运上来的蔬菜，虽不是天价，也让升斗小民难以问津！而北方冬天严寒，零度以下的气温，外面就像个天然大冰箱，需要冰冻的食材只要放在室外就行。

楼下老太太说，入冬之后北京人家大多会囤一批大白菜，过去她家有小院子，自己挖个土窖，就是用来窖藏白菜，现在没那个条件，只好直接放在室外，让它经历大自然的霜雪封冻，盖上厚纸板是为了不让大白菜直接接触到冰雪，否则会把白菜冻坏。据老太太说，这种自家窖藏的冬储大白菜，时间越久越好吃。过去北京人家，一入冬总会储存一大批大白菜，或包饺子、熬白菜，或涮锅子、拌凉菜。难怪北方人买白菜论车，南方人买白菜论棵。

初到北京第一年的冬天，休完假回到北京，同事们约了在“东来顺”聚餐吃涮羊肉。当时只听过东来顺的大名，涮羊肉也是第一次尝试。这一餐吃得津津有味。毫无膻味的细嫩内蒙古羊肉，蘸着香气四溢的浓郁芝麻酱，只能用齿颊留香来形容。但是席间印象最深刻的并不是羊肉，而是那一盘随处可见、最平凡不过的大白菜。

在台湾，吃火锅的时候总是大白菜垫底，一开锅就先放大白菜，吃到最后大白菜在锅里熬煮到完全软烂，渗入各种鲜美滋味，基本上已经吃不出土腥味，才能够入口。

正准备如法炮制，北京同事们却拦着我，告诉我北方的经霜大白菜这么煮可惜了。建议我像涮羊肉片一样略为涮一下，尝尝大白菜的本来滋味。我虽然嘴刁，有不少东西不吃，但是有个特点，我很愿意尝尝各种新鲜吃法、异地风味，再奇怪的食材、再匪夷所思的吃法，都会给一次机会。哪怕入口之后难以下咽，至少我知道它是什么味道。

按着同事的建议，一试之下竟然令人惊艳，北方的大白菜不仅没有土腥味，经过霜冻的大白菜，轻轻涮一下，入口竟然清甜脆嫩，爽口多汁，跟羊肉、芝麻酱的浓郁口感相互映衬，不仅清口解腻，更有一种独特的清香，从此我对大白菜印象完全改观。

除了在锅子里涮着吃，大白菜的嫩心也是一道美味。把白菜心切成细丝，加一点盐搓匀，腌制十分钟左右稍微杀出水分。处理好的白菜心冲洗几遍、挤干水分；加点葱丝，调适量的酱油、辣椒油、醋、香油拌匀，就是一道可口开胃的凉菜，清甜爽口、微辣微酸，豪华点再加上切成细丝的熏干，风味更佳。

老家的白菜虽然有土腥味，但是熬煮之后也就吃不出来了。闽南、台湾的白菜吃法，一般也就是清炒、醋熘、凉拌，但是最好吃的还是“白菜卤”，其实它就是卤白菜。明明是卤白菜，为什么叫白菜卤？就跟明明是馍夹肉，偏偏叫肉夹馍一样，让人费解！

白菜卤有两种做法，第一种做法是用大油爆香海米或者扁鱼起鲜，加入酱油，少许糖调味，小火慢慢熬煮，跟北方的海米熬白菜异曲同工，不过我会加一点油葱酥，或是鸡蛋炸成的蛋酥；也有人喜欢搁一点豆腐衣、香菇丝，熬到火候足够，软烂的白菜汁浓味足，非常好吃，就着卤汁都能吃一大碗饭。白菜卤算是闽菜的代表作之一。

第二种做法更加简单，直接用台式卤肉的卤汁来熬白菜，什么都不用加！既然做了卤肉，多留点汤汁，捎带手卤个白菜，或是卤个干笋都行，卤蛋、卤豆腐干、卤海带，都是一个做法，当然烹调细节上各有秘诀，以后有机会再仔细说说。先透露一点，卤制的菜，味道是焖进去的，不是烧进去的。这种懒人做法，有肉有菜就是美滋滋的一餐。

我试过用北方经霜的大白菜来做白菜卤，那个味道，跟家乡的白菜真是天壤之别。口味不止提升一个档次。

经霜的大白菜除了前面的这些做法，拿来包白菜猪肉饺子，或是做成东北大馅饺子、白菜猪肉馅饼，更是一绝。白菜要多肉要少，咬下去满口鲜汤，清香甜美，就像炎热夏季里一阵清凉的微风拂过，通体舒泰，每个味蕾都服服帖帖。

冬天羊肉吃多了容易上火，清爽适口的大白菜正好去火。果然，每个地区饮食习惯的形成，自然有其道理。大自然一年四季物产巧妙互补；先民长期积累的饮食智慧，更是不可小觑。最平凡不过的大白菜，也有它无可取代的风味与暗合自然之道的学问。

新炊脂白米，粒粒皆琳琅

正常情况下，我写文章总是尽可能轻松一点、有趣一点。这一篇却不太有趣，不过我多年来钻研米饭的一身功力全在这里，因为篇幅有限，干货太多，请各位多包涵！

2018 年，跟好朋友合作，在上海茂名北路丰盛里开了国内唯一的米食主题餐厅“嗑米”。为什么开这么一家餐厅？说来话长，就不在这里解释；重点是，为了做好这一家餐厅，从 2017 年起我们就开始钻研米饭，从怎么煮一碗好米饭开始，研究煮饭的器具、水、洗米的手法，一直到大米的品种、产地、碾米工艺、储藏等，无数次试验、盲品、比较分析，整整搞了一年，收集了大量数据，然后才开店。

“嗑米”谈不上成功，毕竟它没撑过疫情，暂时停业，但是在米饭、大米圈子里，也算小有名气。因此常常收到来自大型米企业、各地农业合作社、个别农友，以及餐饮圈朋友们的各种咨询。今天咱们就来说说，怎么煮一碗好吃的米饭！

不客气地说。大多数人吃了一辈子米饭，还是不会“吃米饭”，更不用说“煮米饭”！哪怕米其林星级餐厅的厨师也一样！

要做出一碗好吃的米饭，首先，我们得了解，稻米是农产品，凡是农产品，都受到地理位置、气候、品种、种植方法的影响。

其次，我们常见的大米名称是他的商品名，而不是品种名。比方说“稻花香”这种常见的大米，“稻花香”是它的商品名，“五优稻”才是它的品种名。后来在五优稻基础上再改进的品种叫“五优稻 4 号”，而商品名却变成两个，有些米企业还是叫它“稻花香”，另一些米企业则叫它“稻花香 2 号”。黑龙江地区还有不少大米名称，比方说常见的“五常米”“岩板米”“响水米”等，这些都是商品名，其实大多数品种都是五优稻 4 号，少数是五优稻。

因为商品名可以随便取、可以注册，而且与稻米品种没有必然的对应关系，也就使得消费者眼花缭乱。所以我们在选米的时候不要在意商品名，我们关注的是产地与品种。比方说五优稻 4 号，它就适合在东北种植，其中最好的产地有两个，一个是“五常”，另一个是“延寿”，东北其他地区的略微差一点。而离开了东北的气候与地理环境，五优稻 4 号的质量就不是那么一回事。

南方的“南粳 46”“南粳 9108”“南粳 5055”系列，本身就是在江苏培育出来的品种，它就适合在江浙一带，或是同纬度地区种植。拿到广东去就是不行。台湾有个很好的品种叫“台粳 9 号”，我的朋友拿到成都去种，出品完全不同。

说了这么多，我想强调的是，想煮一碗好吃的白米饭，首先要会“选”米，而选米的首要要求就是了解产地与品种。

选米还有三个基本要求！

1. 选新米：新米的香味、口感都比陈米好。大米质量会随着保存时间逐渐降低，保存时间越久，质量越差。只要收割后，储藏不超过一年的，都可以算是新米。

2. 选米粒完整、颗粒大小一致、断粒少的米：从稻谷到大米的生产过程中难免出现断粒，断粒会影响米饭的外观与口感。颗粒大小不一则影响炊饭的火力控制。

3. 选米粒光洁晶莹、垩白粒少的米：垩白粒是指含有白色不透光部分的米粒。垩白源自稻米生长过程中胚乳淀粉积累密度不足，会影响米饭的口感，它也是判断大米质量的指标之一。

除了以上的基本要求，就这么简简单单的一碗饭，有人喜欢香糯的，有人喜欢Q弹的，也有人偏好软烂的……究竟怎么挑选适合自己口味的大米？那就得看品种、看产地了。一般而言，东北大米结实Q弹；长三角一带的米比较软糯；两广的籼米，则是另一种大米品类，清爽硬朗油性低，特别适合炒饭、煲仔饭。

选好米之后，下一个步骤就是“淘”。

一碗米饭要清爽，米必须得淘干净，最好淘洗到淘米水接近清水。炸过薯条的朋友都知道，土豆切条之后必须把表面附着的淀粉洗干净，要不然炸不脆；煮饭也一样，大米在脱壳、抛光的过程中，会产生许多细微的淀粉尘，因为米粒的表面并不光滑，这些淀粉尘黏附在大米上，不容易被洗掉，会使得煮好的米饭外表发黏、不清爽。另外，切记淘米的手法可推、可搅但不要搓米，米粒其实挺脆弱的，别把好好的米粒搓断了。

淘好的米要不要“浸”？

这倒不一定，因为秋冬刚上市的新米水分含量高，不浸也行，而且现在不少电饭煲都有自动浸泡的功能。所以不见得需要浸泡。

不过到了隔年春夏，当年新米已经储藏了较长时间，储藏过程必然逐渐丧失水分，所以稍微泡个五到十分钟，让大米先吸收点水分，更容易煮出好米饭。我还真做过实验，淘好、浸泡十分钟之后的大米，重量会增加 20% 左右。

虽然“嗑米”采用进口双层盖陶釜来炊煮高级米饭，但现在的电饭煲越来越进步，煮饭的效果也相当好。特别是微加压电饭煲，效果相当出色！

淘洗干净、浸泡过的大米放进电饭煲里，加水，就可以开始“炊”饭了。讲究的可以采用纯净水，水中含的矿物质越少，对米饭口感、甜度的干扰也越少。要求没那么高的话，普通过滤水也行！

米跟水的比例，建议您先试试 1∶1，这是重量的比例。如果您的厨房没有秤，当成体积的比例也行。如果觉得偏硬，下次就多加点水，例如 1∶1.1 或 1∶1.2。偏软，下次就减一点水，例如 1∶0.9 或 1∶0.8。

按下开关之后，就没你什么事了。

好饭是“焖”出来的，如果你跟我一样用陶釜炊煮，那你得切记，一旦陶釜上汽，就得离火保温，焖它十五分钟。

“挑”是个可有可无的动作，就看您和家人的口感要求。

当陶釜焖了十五分钟之后，或是电饭煲跳转到保温模式，立刻开盖，迅速用筷子把米饭挑松，然后陶釜再焖三到五分钟，电饭煲继续焖十五分钟左右。

因为在保温的时候，米饭已经焖熟，这时候要让多余的水蒸气散掉。然而表面的水蒸气能散掉，底下的却散不掉，所以一锅饭形成上层偏硬、中层适中、下层偏软的状况。挑松再焖一会儿，能够让整锅米饭的口感一致。

反过来说，如果家里长辈要吃软糯的米饭、小孩要适中的、大人要颗粒感好些的，那就不需要挑，直接焖，正好各取所需！

“选淘浸炊焖挑”六字诀都明白了？赶紧买米做饭去，肯定是好吃而且漂亮的米饭。饭前记得发朋友圈显摆一下！至于你做的米饭有没有达到我的标准？以后切磋切磋！

淮扬细点谈茶社

上海有一种全国仅见的馆子，它把两种菜系组合到一起，叫“川扬菜”，其实就是把川菜跟淮扬细点搁到一块儿，菜是上海风味的川菜，点心则是扬州点心。很早以前，我就在台北见过这种川扬菜餐厅，但直到今天，我还是不明白这种组合究竟是怎么来的。之前已经聊过川菜，今天就聊聊扬州点心，叫它淮扬细点也可以！

要谈扬州点心，肯定绕不开“富春茶社”。就先说说富春。

富春茶社曾经是扬州茶点的代表。但是最早的富春并不是茶社，而是种植、销售盆栽花卉的“花局”。清朝末年，扬州“千家养女先教曲，十里栽花算种田”的风俗依然盛行。光绪年间，扬州人陈霭亭租了得胜桥巷子里的民房和空地，创办“富春花局”，栽培花卉，创作盆景。宣统二年，他的儿子陈步云继承父业，继续经营。

民国初年，扬州商会会长周谷人的父亲、七十多岁的老爷子每天要上茶社喝茶。但是当时茶社大多是青帮的堂口，江湖人物天天在这些茶社走动，周谷人不愿父亲和这些人接触，又无法说服老爷子别上茶馆。陈步云便向周谷人建议，在他的花局里自办茶社，专供老爷子和朋友们享用，茶社就此开张。

起初茶社不挂招牌，一直保留“花局”名称，以免青帮中人来找麻烦。开业一段时间之后，陈步云才将花局改名为“藏春坞茶社”，不久更名为“借园俱乐部”，最后才定名为“富春茶社”。

由于周谷人在扬州商界的关系，当时的盐商、士绅与文人雅士，常常来此地赏花、品茗、下棋、吟诗。陈步云为了迎合客人的需要，除了供应茶水，又请来厨艺高手，供应包子、点心，生意十分兴隆。

富春的茶客包括扬州各行各业，慢慢地各自有习惯落座的区域，于是茶社里渐渐形成了几个区块。有人开玩笑，把每个区域按客人的工作性质起了昵称，分别是“乡贤祠”“教育厅”“商业厅”“县政府”等，后来又演变为“乡贤祠”“大成殿”“土地庙”“义塚地”四个地区。

坐在“乡贤祠”的大多是扬州有头有脸的人物;“大成殿”是文人雅士的聚集地;“土地庙”坐的是盐商、钱庄、各种公司行号老板。“义塚地”则是开玩笑的称呼,“义塚”指的是无主孤坟乱葬岗,此处是个小广场,泥地上放了几张桌子,柴棚遮盖,十分简陋,客人五方杂处,无所不包。早期的富春茶社固然以上层人士为主要服务对象,但也不能将下层人物拒之门外。你上你的“乡贤祠”,他上他的“义塚地”,各得其所,各取所需。

富春茶社一开始就以价廉物美著称。当时一般茶馆里点心都是以笼计算,一笼十六个,最少也得叫半笼。这种方式对一般客人来说,分量实在太大了。于是富春茶社首创“杂花式”供应,一笼包含八种点心,每种两件,四咸四甜;也可以零买,按件计价。

富春的茶名为“魁龙珠”,当年是由富春自行窨制。用浙江龙井、安徽魁针,加上富春自己种植的珠兰。取龙井之味、魁针之色、珠兰之香,茶色清澈,解渴去腻。配上富春点心佳肴,难怪远近客人流连忘返。

1913 年,富春的师傅改良了传统千层油糕和翡翠烧卖的制作方法,大受顾客欢迎。他制作的油糕通体半透明,柔韧异常，层层相叠又层层分离，甜糯适度而爽口；翡翠烧卖则以绿色叶菜为馅，口味有甜有咸，绿色馅心透过薄皮形如碧玉。这两道点心被称为扬州“面点双绝”。

淮扬名厨尹长山则在包子的种类上下了一番功夫，三丁包就是他首创。当时富春吊鸡汤，每天得用大约五十只鸡。鸡肉、鸡皮以及下脚料抛弃就太浪费了，于是尹长山就和陈步云商量，将鸡肉切成丁，外加猪肉丁和笋丁，做成三丁包子。同时，师傅们还用多余的鸡皮拌干丝，或做成鸡皮饺。富春还通过“粗改细”的方法增加花色种类，比如油饺子、开花馒头，原本是烧饼店里卖的粗点，经富春一改进，口味别具一格，深受好评。

今天的富春茶社，各种包子、干丝也都不缺，还加上了狮子头、蟹黄汤包、黄桥烧饼等。令人惋惜的是，这些早已没有当年富春的风采。

不仅富春茶社，盛名远播的淮扬百年老店“福满楼”也难逃一劫。前几年我到扬州出差，晚上九点半才到扬州，直奔福满楼吃饭，就剩我们一桌客人，但不管是清炒虾仁、清炖蟹粉狮子头，还是红烧鲢鱼头，每道菜都像模像样，确实是名副其实的淮扬名店。

淮扬菜的清炒虾仁可称一绝，只有小纽扣大的虾仁，壳剥得干干净净，讲究整盘都是虾仁，连葱姜都见不到，又鲜又脆，吃完盘底一点浮油都没有。可是这回一去，虾仁太咸、太油，而且壳没剥干净，狮子头简直可以当皮球，唯一没变的是煮花生米。

不过，扬州还是有值得去的茶社，每回到扬州我必定要去望月桥下的“冶春茶社”。

李斗《扬州画舫录》记载：“市郊酒肆，自醉白园始，康熙间如野园、冶春社、七贤居、且停车之类，皆在红桥。”可惜扬州北郊的百年茶社，大多已随岁月消逝。

扬州北边，转过望月桥，走下通往河边的斜坡，右手边就是冶春茶社。冶春茶社是目前淮扬细点做得还行，而且价格相对合理的老字号。

“冶春”这个名字，本来不是茶社，而是诗社。清朝初期扬州的诗文之会相当活跃，参与人物广泛，除文士之外，还有官吏、商人、优伶、僧道等。当时在瘦西湖冶春园举行的诗文之会相当有名，被称为冶春诗社。

冶春茶社的历史比较复杂，其旧址在天宁寺斜对面的御码头旁边，是一座小而精巧的临水园林建筑。

民国初年，丰乐下街“餐英别墅”的主人、著名园艺家余继之，在自己住宅东面开设茶社，经营点心、饭菜，也兼营花木，称为“冶春花社”。

丰乐上街的“香影廊”则是孙天今四代相传的祖业，据说是因为乾隆皇帝南巡时，在扬州一带负责给皇帝提供日常茶水而闻名。旁边是孙天今的小舅子马金科开的“庆升茶社”，经营蟹黄汤包、大煮干丝、淮扬细点。

朱自清在《扬州的夏日》中写道:“北门外一带，叫做下街，茶馆最多，往往一面临河。船行过时，茶客与乘客可以随便招呼说话。船上人若高兴时，也可以向茶馆中要一壶茶，或一两种小笼点心，在河中喝着，吃着，谈着。回来时再将茶壶和所谓小笼，连价款一并交给茶馆中人。”这一段描写的，就是当年仍然在老位置经营的香影廊与庆升茶社等一众茶社。

后来冶春花社、庆升茶社和香影廊，由当时的扬州市饮食公司接管，合并为冶春茶社。今天的冶春茶社已经开了不少分店，质量尚可，算是扬州制作淮扬细点、大煮干丝、狮子头等比较像样的一家老店，尤其千层油糕做得相当地道。

从前每天早上八点左右，下午三点左右，望月桥下的冶春，还会差人推着小车到望月桥边摆摊子卖点心，口味一样，价钱比在店里吃便宜。

这个小推车是我一生难忘的记忆，有一回从平山堂回城里，路过这个小摊子，因为冶春的千层油糕确实好吃，小摊子上买还便宜，于是不知轻重地买了五斤，那估计是我近十来年最后一次吃千层油糕，至今对千层油糕还是提不起兴致。这么多年过去，也有好多年没去扬州了，不知道今天的千层油糕是进步了，还是退步了？当年望月桥头的小摊子还在不在？

清明时节忆苏杭

写这篇文章，正好是清明前几天。

清明可能是文化内涵最丰厚的节气：慎终追远、祭祖扫墓；寒食节；文人雅士优美的诗词，都与它相依相偎。惭愧的是，在我脑海中，清明最直接的联系就是“青团”，虽然经常被朋友们嘲笑，然而您想想，“清明时节雨纷纷”到头来不也得“牧童遥指杏花村”吗？

这篇回忆苏杭小吃的文章就是因清明而起，伴青团而生，一路顺藤摸瓜，各种江南小吃在脑海中纷至沓来，于是随笔记下。

到了苏州，观前街总是得走一趟，街上许多名店、小吃各有特色，但是游客到了苏州却未必能一网打尽，因为许多小吃是有季节性的，例如青团，这种小吃每年只有清明前后才上市，因为青团的糯米皮里要加入艾草汁，而艾草正是清明前后的时令野蔬。

和着艾草汁的糯米皮包上豆沙，上锅蒸熟，放凉了就是一道美味的点心。这种时令点心从江南一直到福建、贵州、台湾都有，只不过有的用艾草，有的用鼠曲草，或是就地取材的山间野菜。今天很多糕团铺改用小麦草汁，主要是因为蒸后不褪色，但个人以为小麦草汁的浓绿，多了点富贵气，却少了点初春的清新风雅。

苏州的酒酿饼也是春季的时令点心，外观像小月饼，因为它用酒酿来发酵，所以被称为酒酿饼；馅料有豆沙、芝麻等，尤其是玫瑰馅，白皮红瓤。刚烙出来的酒酿饼皮软、馅甜，香气十足。

曾经因为主持“中国面食田野调查”，带着一帮人来到苏州，正值酒酿饼上市，于是买了几个刚出炉的玫瑰酒酿饼，趁热给小伙伴们尝尝，吃完之后众人交口称赞，我就提出了一个问题，馅料里那一小方块晶莹剔透的白色半透明小方丁是什么？有人说是糖冬瓜，有人猜是啫喱，各种稀奇古怪的答案都有，就没有人知道它是糖板油——用白糖腌制的猪板油。糖板油正是酒酿饼的画龙点睛之作，有了这一小块糖板油，馅料才能油香润滑。

从醋坊桥走进观前街，右手边大大的金字招牌就是以酱汁肉闻名的“陆稿荐”。这个名字确实古怪：稿荐究竟是什么东西？为什么起这么个名字？其实，稿荐是稻草或麦秸编成的草垫，过去用来做床垫、坐垫。

陆稿荐卖的是酱汁肉，并不是稿荐，为什么起了这样一个怪名字？这是有故事的。据说陆稿荐本来只是普通的熟肉铺，有一年吕纯阳真人生日前夕，天气寒冷，有个衣衫褴褛、背一条破稿荐、手捧两只陶钵的乞丐走进肉店求宿。陆老板好心允许他在温暖的灶门空地上蜷缩一宵。那乞丐把稿荐铺在地上，呼呼大睡。隔天乞丐不辞而别。等到烧火的伙计烧肉时，发现灶前有条破稿荐，于是随手撕碎往灶里一塞用来引火。不料一阵异香散发开来。陆老板觉得奇怪，暗想昨天那个乞丐有点古怪，突然想起乞丐拿着的那两只陶钵叠在一起不就是个“吕”字吗？于是陆老板连忙把还没烧掉的破稿荐留下来，每天抽出一根放在灶内生火，从此烧出来的肉异香扑鼻，连附近中市街、下塘一带都闻得到阵阵香味。一传十、十传百，生意越来越旺。陆老板灵机一动，干脆将熟肉铺的招牌改名为“陆稿荐”，将吕纯阳真人化身乞丐借宿、留下稿荐的事大肆渲染。从此生意兴隆。

陆稿荐的酱汁肉选用肥瘦均匀的条肉，将其切成方块，加红曲、砂糖以及各式香料制成，颜色红艳，味道香甜，入口酥软。除酱汁肉之外，酱鸭、酱肉、猪头肉、酒焖汁肉、百叶包肉等也都是苏州著名小吃。

绉纱馄饨是江南常见的点心。几乎透明薄如绉纱的馄饨皮，中间透出一点粉红色肉馅，清澈的汤里飘着碧绿的葱花蒜叶，配上嫩黄的蛋皮丝，或者加些紫菜、虾皮，汤鲜味美，清爽弹牙，回味无穷。

精工擀制的馄饨皮，薄到透光，却保持一定韧劲。馅料以猪腿瘦肉调制，搅成肉泥，再加清水使劲搅拌，让它吃透水分。包好的馄饨，一经煮熟，薄似轻纱的外皮就紧裹肉馅起皱，所以叫作绉纱馄饨。虽然这是一道源自江南的点心，但是我品尝过，最好吃的绉纱馄饨却是在我老家——台湾花莲的液香扁食店。

油余紧酵也叫作紧酵馒头，油炸的就叫油余紧酵；这是季节性小吃，大多秋冬季上市，也是人们互相馈赠的礼品。“紧酵”意思是做包子皮时用的酵母少，大约只有平常用量的四分之一。轻度发酵的包子皮，蒸好后不是那么松软，却能够兜得住汤汁，凉了之后呈塌陷状，看起来介于杭州太祖生煎与天津狗不理包子之间，但一经油炸，却能膨胀起来。紧酵馒头以鲜肉为馅，拌入皮冻，油炸后外脆内松，颜色金黄，味鲜多汁。食用时您得特别小心，别看外头不烫，里头的汤汁绝对烫舌头！

除此之外，观前街还有不少名店名吃，诸如采芝斋的玫瑰水炒，各式松子糖、粽子糖；黄天源的赤豆松糕、猪油糕、海棠糕等，都值得一尝。

适口充肠一碗粥

小时候我不喜欢喝粥，不管是白粥还是奶奶加了肉和蔬菜熬煮的粥——闽台称为咸粥，我都不喜欢。为什么不喜欢，我自己也不明白。今天回想起来，可能是因为没有口感、味道清淡吧。小时候为了不喝粥，常常挨骂，但骂归骂，不喜欢还是不喜欢。

开始接受这种汤汤水水的米食，大概是上高中之后。学校离士林夜市不远，而且还在公交车路线上，放学后同学们常常呼朋引伴，到士林夜市吃东西。

当时的士林夜市，有两家店在学生圈子里号称名店，一家是以西瓜汁著称的“辛发亭”，另一家就是以粥出名的“广东粥”。这家店的招牌，不是“某某广东粥”，真的，店名就叫“广东粥”。我开始接受“粥”这种食物，就是因为同学拉着我去喝“广东粥”卖的广东粥，这碗粥里有肉片、鱼片、皮蛋、虾仁……还有老油条，热闹极了。咸鲜浓郁，还带着一丝丝自然的甜味。后来我才知道他家在熬粥的时候加了玉米酱。从此知道了“广东粥”是真不错，但是当时年纪小，吃不明白，对于鱼片粥、猪肝粥、皮蛋瘦肉粥这些完全没概念，更别说潮汕的明火白粥。

就从这一碗啥都有的台式杂菜广东粥开始，后来奶奶做的干贝鸡丝粥、金蚝排骨粥，我不仅接受，还挺喜欢。但是白粥还是不太愿意喝；配点咸菜当早餐勉强能接受，白粥配炒菜总觉得不伦不类。

随着年纪渐长，因为工作经常出差，到处奔走，也就认识了各式各样的粥，如东北的棒糙粥、北方的小米粥、江浙一带精致的鸡粥、广州著名的生滚粥、我的故乡闽南的咸粥、台湾的清粥小菜等。

真正让我爱上喝粥的原因，应该是年纪。年轻的时候胃口好，消化力强，吃啥都无所谓，麻辣咸香来者不拒，大半夜上簋街吃麻辣火锅也是稀松平常。但是五十岁之后，口味变了，慢慢地越吃越清淡，越吃越偏爱故乡的味道；重口味、重油的菜肴浅尝即止。到后来更发现，粥真是晚餐或宵夜的极品，简单喝碗粥，最为适口充肠，不仅吃完无负担、没有罪恶感，晚上也睡得舒服。

因为这个改变，也就明白了台北常见的夜宵清粥小菜，为什么广受欢迎。这种小店，总是在门口挂着“清粥小菜”的招牌，进到店里，柜台上摆着一溜各式各样的小菜，从各种小咸菜到简单的炒菜，荤菜素菜琳琅满目。最初小菜要钱，粥则免费供应，后来物价高了，也就收两三元人民币的粥钱，粥还是管够，您随便添。清粥小菜这种店里供应的不是白粥，而是闽台传统的红薯粥。

小时候最不喜欢的就是红薯粥。家母熬白粥的时候，时不时总爱放些切成滚刀块的红薯一起熬，我不喜欢白粥里混着红薯的甜味，于是舀粥的时候总是把红薯撇开，专舀白粥。有一回被家母发现了，她也没说什么，没想到过两天家母熬粥的时候，原本一块一块的红薯，都刨成细丝，与白粥均匀交错，完全撇不开。

就这一碗小时候坚决不吃的红薯粥，现在却成了心头好，一碗红薯粥，配点小咸菜，作为夜宵再好不过。喝完一碗粥，胃里暖暖的，正好一觉到天亮。

我喜欢的粥，得熬到白米开花，整体呈现潮汕明火白粥的口感，但是奶奶在世的时候，可不能这么熬，得按着奶奶的喜好来熬粥。奶奶是泉州人，喜欢闽南典型的口感，熬粥不准过度搅拌，米粒得清清楚楚。对我来说这比较像汤泡饭，不像粥。或许这也是我小时候不爱喝粥的原因吧。

以前，我的上海店里也供应清粥小菜作为夜宵。当时熬粥手法还不熟练，总会遇到粥放一会儿米粒就沉淀这种粥体分层的问题，几次试验后发现，只要把粥熬到合适的状态，别急着关火，调小火再熬个十五分钟，浓度再上来一点，它就不分层了。

另外，还有一个心得跟各位分享，苏州以纯蟹黄炒制的秃黄油，原本是用来拌米饭、面条风味极佳的食品，其实用来佐粥更是妙绝天下！您不妨试试。

最是汤水暖人心

说起喝汤这回事，南方人还是比较讲究。从宴席来说，南方宴席，大多会先上一道滚烫的热汤，每人一小碗，这碗汤相当烫嘴，您得小口慢慢喝。我一直不明白为什么要先上汤，这个疑惑一直放在心里，直到有一回在上海，跟我的好朋友老陈在一家不起眼但很精致的日料店吃饭。三伏天又闷又热，一就座，还没看菜谱呢，服务员就给我俩各端来一个漆器盖碗，里头盛着嫩绿色的浓汤。因为真正的漆器保温性特别好，这碗汤非常烫，得一边吹着，一边小口地啜着喝。其实这就是一碗店家赠送的豌豆浓汤，不是什么特别高级的汤，可是味道还真不错！

用过餐后，压抑不住好奇心，特别跟老板打个招呼，问一下这碗汤有什么故事。大热天的一进门先送一碗滚烫的浓汤，原来这是高级日料店的巧思。客人着急忙慌地进到店里，心情未定，这时候点菜、上菜，客人静不下来，没办法细细品尝菜肴；这一碗滚烫的浓汤，就是为了让客人慢慢喝，喝上十来分钟，安顿身心，然后轻松自在地品尝美食。这么说起来，这碗滚烫的迎客汤，还真是有它的道理。

几年之后，到广州出差，在一家老派的广州餐厅用餐，又遇见这么一碗滚烫的迎客汤。因为老厨师长在座，我又问了一下，并且转述了在上海的经历，老厨师长说这是其一，其二是汤的好坏代表了一家餐厅的烹饪水平，先上这碗汤，也有一点显摆的意思，等于在跟客人说："您尝尝这碗汤，看看我家灶上的手艺如何？"原来，一碗迎客汤也有它的含义与饮食文化。

话说回来，其实我不太喜欢喝热汤，不是汤不好喝，而是我体质属于热性，不管冬天夏天，一喝热汤就大汗淋漓。为了让我有汤喝，夏天家母会做几道冷汤，比如银鱼苦瓜汤、木鱼花空心菜汤等。家母会把汤烧好，放凉才上桌，但我更喜欢把放凉的汤搁进冰箱冷冻，冻到出冰碴，那叫一个凉彻心脾。其实只要不含油脂的汤，都可以做成冷汤，家母用银鱼、木鱼花就是既要起鲜且不要油脂的做法；西班牙传统的番茄冷汤，也是一样的道理。

撇开热汤、冷汤不说，汤大致有两种基本形态——清汤与浓汤。一般来说，清汤比较清爽，适合春夏，浓汤比较浓郁而且保温性比较好，适合秋冬；清汤需要严格控制火力，要让锅里的汤处于将沸腾而未沸腾的状态，看得到汤的上下循环流动，而不能出现沸腾的气泡。经过长时间的烹调，让食材的鲜美风味完全融入汤里，具体需要多长时间？那就得看食材而定。以前我开面馆的时候，牛大骨高汤得熬制六小时左右才能达到我要的标准。如果要求汤汁清澈如水，那还得加入捣碎的鸡胸肉，或是打发的蛋清，去吸附杂质再捞出丢弃，这个动作称为“扫汤”。川菜中著名的开水白菜，就得扫两三次，才能清澈见底。

因为清汤费时又费事，所以大多数人以为浓汤比清汤好做，其实这是个误会。一口浓郁醇厚的浓汤，大多还是需要一口清汤作为汤底，烹调接近完成时，最后大火烧开，不停搅拌，让油脂乳化，成为白汤，同时蒸发水分提高浓度，形成汤的厚实浓度。这个动作我们叫作“刨汤”。相比之下，市井里常见的汤不白加牛奶的做法，就是投机取巧。

从烹调手法来看，又有煲汤、炖汤、烧汤、煨汤之分。最广为人知的大概是煲汤，随着粤菜的流行，广东人喜爱的煲汤也传布到全国各地。煲汤是砂煲直接在火上烹调；炖汤是隔水蒸；烧汤是锅子直接在火上烧；煨汤，则有点像“烤”，把装有汤料与汤水的砂煲，放在底下生着炭火的大陶罐里，透过热空气与红外线缓慢加热。

至于哪种方法最好？其实得看食材。比方说，闽南的鱼汤，就得烧汤，大火把水烧开，收拾干净的鲜鱼往锅里一滑，立刻离火，盖上锅盖焖一下，然后装进碗里调个味，再撒上一点细切的嫩姜丝，既有汤的鲜美，鱼肉还保持鲜嫩。而武汉的排骨藕汤就得煨，长时间缓慢加热，达到骨酥肉烂的程度，排骨与藕的风味完全进入汤水里，那才叫香浓鲜美、入口即化。

就我个人的经验来说，世界各地都有自己特别的汤品，泰国有冬阴功汤，法国有马赛鱼汤，西班牙有番茄冷汤，日本有味噌汤，韩国有人参鸡汤，马来西亚有肉骨茶……但是汤品最丰富、口味最出色的还是咱们中餐里形形色色的汤。

天气转凉了，咱们喝碗汤去？

台宴中的黄金味

前些年回台北老家过年，帮妈妈整理冰箱的时候，竟然在冷冻柜深处发现了一卷报纸。打开来，是一片颜色黝黑的乌鱼子，看这个颜色，应该在冰箱里冻好些年了，再看报纸上的日期，这一片乌鱼子是前年就进了冷冻库，没想到已经冷冻快三年了。家母持家简朴，乌鱼子这种高级食材，除非逢年过节、贵客来访或是特殊场合，否则轻易不会拿出来烹调！

还记得第一次尝到乌鱼子的滋味，是在当年台北中山北路著名的日料店“通天阁”。巨大华丽的盘子，各种刀工精巧的细致盘饰，里头鬼鬼祟祟地躲着屈指可数的几片，就这几片，当年已经极为昂贵！父亲夹了一片给我尝尝，那一餐也就只分配到这一片，但是乌鱼子咸鲜芳香的绝美风味从此在心头难以磨灭！

台湾宴席中，乌鱼子是可与海参、鲍鱼、鱼翅分庭抗礼的海味珍馐。乌鱼子这种珍贵食材的美味，与鱼子酱相比也不遑多让，只要尝过一次，保证终生难忘！

台湾《彰化县志》记载："台海各港，冬来俱有乌鱼，至前到，味甘嫩。至后散子回头，则瘦而味劣。子成片下盐，以石压之，晒干可焙为酒品。"

乌鱼其实就是鲻鱼，因为通体黑色，所以俗称乌鱼。它是一种近海洄游鱼类，每年冬天，海水温度降低，乌鱼才成群结队洄游到台湾海峡，通常在冬至前后来到台湾彰化外海。这阵子台湾西南沿海渔民最重要的活动就是捕乌鱼，乌鱼本身不稀奇，珍贵的是雌乌鱼肚子里的鱼卵。

渔民从捕到的乌鱼中挑选出雌乌鱼，将鱼子取出之后，剔除鱼子上附着的内脏，然后用大量清水漂洗，把鱼子上的污血洗干净。接着在鱼子开口处扎上线绳，抹上大量海盐，一层鱼子一层木板，层层交叠，最上面压上大石头，等到鱼子排出水分，同时盐分渗透均匀，再铺开来过风晾晒。慢慢地鱼子变成浅琥珀色，乌鱼子的制作就算大功告成。制作过程一般需要五到七天，完全依赖手工。

加工完成的上等乌鱼子，是一头大一头小的椭圆形，颜色金红油润。浸一会儿米酒，架在小炭炉上小火慢烤，香气四溢，鲜美不可方物。由于产量有限，且大多数外销日本，物以稀为贵，价格极为高昂，因此乌鱼子也成为台湾彰化沿岸渔民的一笔重要收入。

乌鱼子并不是闽菜或台菜的传统菜色，它源自日料。因为乌鱼子在日本的售价很高，所以日本商人在台湾收购新鲜乌鱼子，并在当地加工制造，然后运回日本销售。此后台湾同胞才学会乌鱼子的制作工艺与食用方法。乌鱼子在日本有个文雅的名字“唐墨”，因为它的形态有点像来自中国的墨锭。

由于野生乌鱼数量日渐稀少，人工养殖乌鱼得以兴起，乌鱼子的价钱也比过去要便宜一些。今天大多数乌鱼子都是养殖乌鱼的鱼子，野生的已经极为少见。

过去由于乌鱼子的珍贵与昂贵，只有过年、祭祖、吃年夜饭，或是家里来了贵客时，才有得吃。如果有人送乌鱼子，家母总是放进冰箱里冷冻，等到重要的场合才拿出来待客。

其实这种方式并不正确，乌鱼子要吃当年新货，因为乌鱼子越放颜色越深，逐渐变干，香气也慢慢散失，放得越久风味越差，远不如当年新货。

有一年台湾某五星酒店来北京交流，举行了一场“台湾美食飨宴”，我虽然没有躬逢其盛，但是从朋友发的照片里也过了一次眼瘾。美中不足的正是乌鱼子！乌漆墨黑的乌鱼子，不知道是从哪儿翻出来的陈货，切得有手指厚，还是炸的！这简直是对乌鱼子的侮辱！

高级乌鱼子，首先色泽金黄略带暗红，其次虽然干燥，但不能干透，必须还有一点湿润，拿在手上得有点沉手，轻飘飘的就是存放太久了。虽然越大越重的乌鱼子越名贵，但大小在味道上并没有什么差异。

乌鱼子最好的吃法就是烤，其他吃法个人不推荐。家严、家慈请客的时候，烤乌鱼子一向是我的工作。

乌鱼子拿湿布擦干净，用米酒浸泡一会儿，把乌鱼子外面的一层薄膜撕掉。生个小炭炉，木炭得不见明火；另外拿个小碗，里头盛些米酒。拿几根葱叶，把乌鱼子往小炭炉上一架，慢慢地烤，一边烤，一边用葱叶蘸着米酒往乌鱼子上刷，时不时得翻面，保持湿润。千万别烤干了，也别烤煳了，关键是要烤出乌鱼子的香味，即使中心有一部分没烤熟也没多大关系，乌鱼子生吃也没问题。

整个乌鱼子烤热、烤透了，稍微凉一下，斜切薄片，金黄灿烂，特别讨喜。再切上一些青蒜片、白萝卜片，搭配着乌鱼子一起品尝，各有不同风味。咸鲜适口，外层干爽，里头柔软略有点黏牙，带着一点点炭香，搭配白酒、清酒都很出色。就着乌鱼子小酌两盅，真是给个神仙当也不换！

森林里的禅味

曾经以《花的名字》等三篇短篇作品，获得日本文学界大奖“直木奖”的日本著名女作家向田邦子，特别擅长将生活中的细节转换成隽永的短篇。

她曾经写过一篇很有意思的短篇作品，原文我记不得了。大意是家里来了客人，客人进门时，提着一个小手提袋，按照日本的习惯，这应该是送给主人的伴手礼。但是进门之后，客人并没有立刻将伴手礼交给她，双方在客厅落座之后，她先给客人沏上茶，转身进厨房切水果，经过客人身边时，顺势瞄了一下客人放在座椅边上的手提袋。

进到厨房打开冰箱，心里就开始琢磨了：看纸袋上的图案，应该是个装松茸的纸袋，但是纸袋里的小匣子却不像装松茸的匣子。那么问题来了，到底应该端出水蜜桃待客，还是切一盘橙子？如果客人送的是高贵的松茸，那切橙子就失礼了；如果客人只是顺手拿个纸袋，里头不是松茸而是香菇，那么端出水蜜桃就太过了。松茸与香菇虽然都是菌子，价格却相差十万八千里。

松茸和松露，大概是森林中最昂贵的两种食用菌，也是目前无法以人工培养的珍贵菌类。两者都以独特的香气著称，不过松茸的香气内敛而优雅，而且口感比松露好很多。大多数人都能欣赏松茸的香气与口感，松露则不然，它的香味非常特别，有一点野性，且难以形容，只好说是一种“异香”，而且松露几乎谈不上口感，我只能说像嚼厚纸板；比较之下我更喜欢松茸。

且慢，我草率了！松露有一种用法我很喜欢，松露能够运用到西式甜品里，“松露巧克力”就是其中的代表作。松茸也有一种特别的用法，用煎茶加日式高汤打底，薄薄一两片松茸搁在盖碗里，滚烫的高汤冲进去，就成了特别的松茸茶！

松茸是亚洲地区独有的菌类品种，日本，朝鲜半岛和中国云南、台湾等地的高山，都有它的踪迹。松茸对生长环境非常挑剔，必须是没有污染的原始森林，而且必须和松树的根系共生。破土前必须雨水充足，破土后必须光线充足，同时温度、湿度的改变也会直接影响松茸的生长。

中国是松茸的最大产区，不同产地的松茸质量大不相同，价格更能相差数倍之多。我偏爱产自云南香格里拉原始森林里的松茸，这个地区的优质松茸呈淡黄色或米白色，香气十足，质地细密而有弹性，高级品以往大多出口日本、欧美，不过随着国内经济发展，消费力提高，近年来国内也能买到。

松茸的季节性很强，一般市场上能买到的松茸以冰鲜、干货居多，干货里又分为烘干和冻干两种，冻干的质量明显优于烘干。冰鲜松茸则良莠不齐，会出现不同档次松茸混装、以次充好的状况。从美食角度来说，最好的肯定是新鲜松茸，但是因为运输、保鲜的成本极高，所以价格极为昂贵。

买松茸，您得看两个指标。其一，松茸的价格是按大小定价，越大的越贵，一般而言，分成 3 ～ 5 厘米、5 ～ 7 厘米、7 ～ 9 厘米、9 ～ 12 厘米、12 ～ 15 厘米等几种规格。松茸是野生的，所以它的质量只跟产地、季节、当年气候相关。其二，优质松茸是菌伞完全没张开的，香味足，细嫩。一旦菌伞开始张开，不管张多大，香味都会逐渐降低，纤维越来越粗糙，质量很快就变差，所以开伞的松茸价格立刻降一大截。我曾经见过长度接近 25 厘米的巨大松茸，虽然菌伞没有张开，但是纤维粗，口感较差。一般来说，我会选 7～9 厘米的松茸，卖相好看，性价比也比较合适。

话说回来，我是在餐厅里用，所以对于质量、品相有比较高的要求，如果是自己家里吃，刚开伞的松茸也不错，价格可就便宜多了！当然，菌伞大开的松茸肯定不行！

再提醒您一个处理冰鲜或新鲜松茸的小技巧。这种松茸的茎底部都会带着细碎的泥沙，黏附得很紧，千万别搓洗，会把松茸表皮搓破，切掉又太可惜，最好的办法是用小刀削掉。因为松茸切开时很容易吸附杂味，所以尽可能不用金属刀，金属刀上残留的铁锈味，以及其他杂味，会干扰松茸清淡而优雅的天然原味。所以从前习惯用竹刀，但是竹刀毕竟没有金属刀锋利，陶瓷刀出现之后，我买了一把，专门用来处理松茸。您在家做松茸的话，不锈钢刀洗干净，亦勉强可用。

松茸我觉得适合烤、汆、烫，而且调味要简单轻巧，因为品尝松茸就是要品尝它本身的幽香清鲜，过多的调味就像是浓妆艳抹，完全破坏了松茸的素朴之美。

如果是冻干松茸或是晒干的松茸，您拿它来炒、烧、炖、煮都无所谓，但是对于珍贵的新鲜松茸、冰鲜松茸，只有烤最能展现它的悠远清香。升个小炭炉，要不见明火，上好的新鲜松茸用手撕成长条，喷点清酒，略微一烤，撒一点点细盐直接吃，配上一壶纯米大吟酿，简直就像卢仝的《七碗茶歌》里形容的：“一碗喉吻润，二碗破孤闷。三碗搜枯肠，唯有文字五千卷……”

以前到香格里拉，当地朋友招待品尝“松茸刺身”，新鲜松茸切片蘸山葵酱油，虽然也不错，但我总觉得这种吃法有点“土豪”，松茸还是得略微加热，香味才更能彰显。

如果您觉得这些吃法太麻烦，您不妨试试这个：冻干松茸拿温水泡软，米饭煮到电饭煲跳到保温状态，打开锅盖，赶紧把松茸铺在米饭上，再焖十五分钟，然后松茸蘸好酱油配米饭，肯定让您惊喜！

餐桌上的异香

不久前，一位老朋友问我：“老高，云南的伙伴送我一公斤云南黑松露，怎么做才好吃？”“剁碎了包饺子吧！”我回答。

要说难以形容的香味，全世界的食材里恐怕松露要占第一名。这种其貌不扬的食材，与其说是一种食材，不如说是一种独特的香料，因为松露并没有特别出色的口感，嚼起来就像嚼纸板，但它的特点就在于无法言喻的特殊香味。偏偏云南的黑松露香味很淡。这么说吧，只要一小块法国黑松露，整个房间都弥漫着松露的香味；云南松露呢？摆上一堆，香味还是若隐若现！

有人说我讲得不对，他在某餐厅吃过云南松露，香味还是挺浓郁，其实那是个障眼法，云南松露是给你看的！香味来自额外添加的松露油。雕虫小技，不足挂齿！

关于松露的记载，据说最早出现在地中海东岸的新苏美人的碑文。数千年来，这种生长在松树、栎树、橡树附近，深入地下三十厘米的块状菌类，始终让全球食客趋之若鹜。而由于松露对生长环境的苛刻要求，无法人工培育，产量极为稀少，因此相当珍贵，与鹅肝、鱼子酱并列为世界三大珍馐。

当年，澳大利亚想栽培松露，苦于松露的生长环境严苛，也没办法人工繁殖，于是用了个碰运气的笨方法，即斥巨资买下欧洲一座有松露生产记录的松树林，掘地三尺，连松树带泥土，整个运回澳大利亚。然后找一个气候接近的地点，重建整个树林。最后悉心照料这座树林，看看老天爷是不是赏饭吃。

果然，皇天不负苦心人。第三年，终于出现了松露的踪迹。澳大利亚在南半球，南半球的气候轮回同北半球相反，所以欧洲不生产松露的季节，澳大利亚松露上市，正好填补市场空缺，成为抢手货。

生长在地下的松露，地面上根本没有痕迹，采摘是个大问题，究竟哪里有松露？肉眼根本看不出来。采摘松露的季节一般从十二月开始，直到次年的三月。采摘松露维生的叫“松露猎人”，每位松露猎人都有一本家传藏宝图，里面记载着父辈们曾经找到松露的地点、日期和松露的重量。

即便如此，寻找松露仍然是一项极大挑战，想找到松露的藏身之处，还得借助于两种动物的灵敏嗅觉，一种是狗，另一种是猪。法国人习惯用嗅觉灵敏的母猪，据说母猪六米远外就能闻到生长在地底下的松露。但是母猪爱吃松露，如果松露猎人没有及时阻止，母猪找到松露时会迅速将它拱出来吃掉。

意大利人则喜欢用经过严格训练的雌猎犬来寻找白松露。一只会寻找松露的猎犬，要经过长时间的训练，就跟训练缉毒犬一样。猎犬会在松露所在位置上做记号，等主人把珍贵的松露挖出来，然后主人会用食物奖励猎犬。出发寻找松露的前一夜，猎人不给猎犬喂食，这样猎犬为了食物，会更努力寻找松露。

其实松露并不是一种菌，它是一类菌的总称，有十来个不同品种，意大利、法国、西班牙、中国、澳大利亚等国都有不同品种的松露，在众多松露之中，法国产的黑松露与意大利产的白松露评价最高。

松露一般生食比较多，特别是气味浓烈的白松露。既然加上松露的菜品主要是凸显松露的香，那么，菜品本身应该有温度，将松露磨碎或刨成薄片撒在菜品上，以菜品的温度帮助散发出松露的香气，加强菜品的风味。同时菜品本身的香味不宜太浓重，以免互相干扰。

有些味道比较重的菜品则以松露烹调酱汁，让松露的香与酱汁味道完全融合，或是把松露铺在食材上烤制，让松露香气渗入食材里。种种做法都是同一目的，尽量凸显这种珍贵食材的香味。前两年应邀参加尊厨举办的松露晚宴，主办方甚至细心地把餐桌上的蜡烛换成电子蜡烛，同时餐桌花饰采用没有香味的花材，也是基于同样考虑。

除了烹调，品相差一点的松露还可以被做成松露巧克力、松露盐、松露油、松露蜂蜜、松露酱等各种带着特殊香气的食物，同样也大受欢迎。

至于要怎么形容它的香味，只能说它是无法形容的“异香”。我实在词穷，您就别追问了，最好的办法就是您自己尝尝，然后告诉我您觉得它是什么香味。

中国酒里的活化石

从历代文学作品看来，“酒”不仅是历代文人雅士的日常生活，也是文学创作中不可或缺的元素，从孔夫子的“唯酒无量，不及乱”，到李白的“举杯邀明月”，再到苏东坡的“小槽春酒冻真珠”，欧阳修的“把酒花前欲问君”，似乎没有酒都成不了一代大儒！

今天我们来聊聊汉唐时期流传下来的一种米酒——稠酒。让我来谈酒，确实有点尴尬，不是我不喜欢酒，而是凭我这接近于零的酒量，实在心中惶恐，忐忑不安。孔老夫子的“唯酒无量，不及乱”是酒量没有上限，只要不乱性都行；而我的“唯酒无量”是真的一点酒量也没有。

稠酒的源头，是春秋战国时期的米酒祖宗醪醴，这种大米酿制的浑浊甜酒，几乎可以被确定是中国最早的酒。从春秋战国一直流传到现在，基本没什么改变，唯一的变化是加入了桂花，所以被称为黄桂稠酒。除了加入桂花，稠酒几乎是中国酒里的活化石！

醪醴早在商周时期就开始被酿造，中国最早的医学典籍《内经》里，多处提到“醪醴”。《诗经·小雅》有“或以其酒，不以其浆”的诗句。《诗经·周颂》中也有提及：“丰年多黍多稌，亦有高廪，万亿及秭。为酒为醴，烝畀祖妣。以洽百礼，降福孔皆。”

“黍”是指黄米，“稌”则是指糯米；其实“醴”就是一种甜米酒，可以奉献给祖宗，也用于各种祭祀。可见在商周时期，关中地区就已经开始种植黄米、糯米等农作物，并且将其作为酿造甜酒的原料。

自传说的“仪狄造酒”一直到唐朝，酿酒业不断发展，到了唐朝已经相当发达。据北宋历史丛书《册府元龟》记载，唐初就已经将高昌国的马奶葡萄，以及酿葡萄酒的方法引入长安；唐太宗亲自监制，酿出八种不同色泽的葡萄酒，“芳辛酷烈，味兼缇盎。既颁赐群臣，京师始识其味”，并由此产生了许多歌咏葡萄酒的唐诗。唐朝还从西域引进了制糖工艺，使得中国古代饮食平添了几分甜蜜，其意义不亚于葡萄酒酿造法的引进。

唐朝美酒的名称形形色色，尤以“春”命名者为最。据李肇《唐国史补》记载，唐朝以春命名的美酒有乌程之“若下春”、剑南之“烧春”、杭州之“梨花春”、云安之“米春”等。不以春命名的酒也有名噪一时的，如山西杏花村的“汾酒”、四川郫县（今成都市郫都区）的“竹筒酒”等。因为天下太平，京师人家聚餐大多饮酒，酒馆、酒家随处可见，长安城的“长乐坊”更是当时的酒馆集中地，约等于北京的三里屯。

谈到唐朝的酒，不能不提“胡姬酒肆”这个特别的饮食环境。唐朝人对饮食的意境美，有强烈的追求和感受。良辰美景、可人乐事都能增添饮食情趣，而胡姬酒肆借助歌舞与胡姬的经营手段，就给人飘飘欲仙的风流意境，更使文人墨客雅兴勃发，陶醉于美酒美境之中。“落花踏尽游何处，笑入胡姬酒肆中”“细雨春风花落时，挥鞭直就胡姬处”“笑春风，舞罗衣，君今不醉将安归”正是大唐文人名士的潇洒写照。

有点跑偏了，不过没关系，咱们再抿一口黄桂稠酒！

黄桂稠酒状如牛奶，色白如玉，汁稠醇香，绵甜适口。酒精浓度只有2%左右，看上去既像江浙一带人人喜爱的酒酿，也像武汉的糊汤米酒、四川的醪糟，按今天的说法，只能算是一种含酒精饮料。尴尬的是，就这 2%，还是能把我放倒！

称它为酒，只因喝在口中，略有酒味而已。老弱妇幼和不善饮酒者都可以喝，饮用时或温或凉，四季皆宜。不过它有点像台湾当地人喝的小米酒，顺口但后劲不可小觑。由于加入了黄桂，使酒中带有黄桂芳香，所以叫“黄桂稠酒”；因为产于长安，又被称为“西安稠酒”；相传“贵妃醉酒”喝的就是黄桂稠酒，所以也被称为“贵妃稠酒”。

黄桂稠酒的来源有个传说。据说唐玄宗与杨贵妃光临长乐坊饮酒，味美醇香的稠酒令贵妃倾倒，当下将手中所持的桂花赠予店主。店主将桂花种植在贮酒的园子里，没想到桂枝生根开花，在长乐坊繁衍成林，花开时节，桂花香，稠酒也香。于是店主将桂花用蜜腌制后兑入酒中，使酒更具特色，清香远溢，“黄桂稠酒”便由此传开。

相传“诗仙”李白特别喜爱黄桂稠酒。杜甫《饮中八仙歌》里的“李白斗酒诗百篇，长安市上酒家眠。天子呼来不上船，自称臣是酒中仙”就是对“诗仙”李白畅饮黄桂稠酒的生动写照。

据《新唐书·艺文志》记载，有一天，李白正在长乐坊饮酒，畅饮正酣，碰巧唐玄宗召他进殿。李白醉意正浓，由人搀扶着到了含元殿，上殿便要求宽衣。皇帝令人取衣鞋伺候。李白借着醉意，要高力士为他脱靴。平日不可一世的高力士，没料到一介书生竟在文武百官面前出他的洋相，但慑于皇帝威严，只好忍气吞声，为李白脱靴。

李白借酒意出了一次闷气，极其痛快。“力士脱靴与黄桂稠酒”一时成为茶余饭后的话题。此后，长乐坊的黄桂稠酒更享盛名。唐朝许多名酒都因为战乱而失传，而黄桂稠酒则流传至今。

闹中取静喝茶去

成都是个逍遥的城市，有人说它是“天府之国”，有人说“少不入川”，我则说它是中国的“南方安逸”。也有人说，成都人“小富即安”，但是我却感觉成都人，知足常乐得理直气壮。

没有特殊原因的话，我极不情愿接成都的项目。到成都来理所当然是度假、休闲，在成都工作，那是多么煞风景。喜欢成都，除了言辞幽默、表情丰富的成都话，最重要的原因大概是川菜和成都小吃，对了，差点漏掉成都的茶馆！

与其他城市的茶馆比较起来，成都的茶馆极其简单，简单到我觉得有没有茶都无所谓。进门处买包茶叶，坐定之后，伙计送来盖碗杯，帮您沏上茶，之后您尽管“自生自灭”，只要您不招呼，绝没有人打扰您。

茶馆无疑是成都巴适生活的主场，大凡风景优美，或绿树成荫之处，必有茶馆，凡茶馆必有打牌、看报、打盹儿、摆龙门阵的成都人。成都的茶馆更像是喝大碗茶的摊子，而不是品茗的茶艺馆；不是单枞、普洱、紫砂壶，茶盘、茶海、闻香杯的繁文缛节，而是三花、香片、盖碗杯的“意在茶外”。

中国各地都有茶馆。其他地方的朋友大多有事上茶馆，成都人却是没事上茶馆。别人是上茶馆交际应酬谈生意，成都人却是上茶馆来“无所事事龙门阵”！我上茶馆除了打盹儿、看书、划手机，就是看人，默默观察芸芸众生！成都茶馆里聊的大多是东家长西家短，市井生活的小道消息，加上抑扬顿挫、极为活泼生动的成都话，每一桌都是一台好戏。

比起北京一些咖啡馆里“十桌有八桌谈生意，八桌里六桌过亿”“一上午能谈出三家上市公司”的满嘴跑火车，成都茶馆里的街谈巷议、流言蜚语，显然有趣得多。

竹子搭的凉棚，竹子扎的靠背椅、茶几，一盏盖碗泡着茉莉香片，一碟葵花子，这就是成都茶馆的标配。成都人喜欢“泡”茶馆，有客人来访，上茶馆坐坐；亲戚朋友小聚，上茶馆聊聊；男女朋友约会，在茶馆情话绵绵；闲着没事，一家人也能上茶馆看看报、聊聊天、打打牌，消磨大半天。成都的茶馆就这么来者不拒。

成都茶馆里的活动，也比其他地方茶馆的更丰富，擦皮鞋的，掏耳朵的，敲肩捶背的，卖花生瓜子、书报杂志的，都在茶馆里穿梭来往，难怪很多老茶客闲来无事，一泡就是一整天。不过成都的茶馆基本不供餐，顶多也就是瓜子花生之类干果，连果盘都不供应，跟广州茶楼的“叹一盅两件”、扬州茶社里的淮扬细点，情调大相径庭！更奇怪的是，广州茶楼、扬州茶社都有谈生意、谈工作的茶客，而成都茶馆里却极为少见，似乎是一种默契。

另一方面，成都的茶馆又有点像欧洲小镇里的咖啡馆，扮演着地区社交中心的角色。每个地区都有茶馆，每家茶馆都有一批老茶客，这些老茶客有各自习惯的位置，一早过来就把它当成自家客厅，三五好友高谈阔论，一个人打盹儿、看看书报、听听收音机，甚至睡个午觉，都没有人干涉。茶馆不仅是成都人的客厅，更像是成都市的客厅。

虽然茶馆里三教九流人来人往，但最特别的人物还是“茶博士”。他们是茶馆里的伙计，日常工作不过是沏茶续水，送往迎来，但是每天生活在茶馆里，接触各行各业、各个阶层的茶客，消息灵通、见多识广；城市里的趣闻轶事、小道消息，甚至股票行情他们都略知一二，因此被茶客们昵称“茶博士”。

过去的茶博士们个个身怀绝技，他们能把装满滚烫开水、壶嘴长达一米的水壶，耍得出神入化，只是一个续水的动作，就能变化出“苏秦背剑”“蛟龙探海”“飞天仙女”“童子拜观音”等令人眼花缭乱的花招，而且注水准确，不洒不漏，让人叹为观止。今天一般茶馆里已经看不到这种长壶嘴的茶壶，更不用说各种续水动作的花式表演。不过专门做观光客生意的茶馆，还保留着这种表演，以广招徕。

在茶馆里喝茶也有些传统暗号，比方说，把盖碗杯的盖子侧立在托盘上，茶博士就会马上过来续水，把茶杯盖子倒扣在椅子上就表示暂时离开，一会儿回来……成都的茶馆就这样带着浓厚的生活气息，散布在成都人的日常生活之间。成都茶馆是平民百姓的茶馆，它是成都人的悠闲，也是你的悠闲。来到成都千万别忘了“喝杯茶去”。

香料背后的故事

年轻的时候就喜欢做饭，特别是厨房里摆着瓶瓶罐罐各种中西餐香料，感觉特别有情调。说实话，那个时候还真不懂香料怎么用，纯粹摆着好看。咱们私底下说，到现在，我还是不太会运用香料。

疫情期间，在成都朋友的休闲农场待了个把月，缠着川菜师傅蹭饭，我确信，关于各种香料的知识与运用，川菜厨师的功力绝对令人叹为观止，甚至有些香料过去别说运用，我连听都没听说过，如荜茇、排草、甘松、木香等。所以这篇文章我也不打算跟各位聊烹调中怎么运用香料；我们聊聊香料的故事。这种各国烹调都少不了的材料，曾经在人类历史上画下浓墨重彩的一笔。它曾经挑起战争，触发大航海时代，塑造了哥伦布、达·伽马、麦哲伦等一批伟大的航海家，促成了地理大发现……

简单地说，要不是因为香料，特别是胡椒，哥伦布不会发现新大陆。当时的香料贸易，就跟今天的石油、钻石、黄金贸易一样，是能够带来巨大财富的大生意。而从亚洲经过中东、东欧到达欧洲的陆路贸易，以及绕过非洲南端好望角，经由印度洋的海路贸易，已经陆续被土耳其人、阿拉伯人、威尼斯人垄断。

所以哥伦布想找到一条经由大西洋到达印度的航线；哥伦布走对路，但是认错门，他千辛万苦到达的是美洲东岸，但是他认为这是印度西岸，并以此命名，所以在地理上留下了一个特别奇怪的地名，即位于中美洲东部沿海的“西印度群岛”。是的，当时并不知道从大西洋往西走，在到达印度之前，还有一块巨大的土地，也难怪哥伦布误会了！

回过头来讲讲香料。香料，是指具有芳香气味的热带植物。除了中餐常见的葱、姜、蒜、花椒、八角、胡椒，不常见的荜茇、香果、排草、甘松、木香之外，西式餐点也有它独特的香料，如百里香、西红花、罗勒、迷迭香、牛至、芥末、西洋芹、肉桂、洋葱等。

食用香料已经有上千年历史，中国、印度、东南亚以及埃及、西亚等国家和地区是使用香料的发祥地；尤其印度更是天然香料的最大生产国。在古代，香料贸易是财富之源，来自遥远东方的香料，能够延长食物的保存期限，并为食物增加难以描述的风味，传到欧洲之后，王公巨贾们视其为奇珍异宝。

您试想，今天简单煎片牛排都离不开黑胡椒！在没有香料可用的时代，哪怕贵族的饮食也是单调乏味，而香料完全改变了欧洲的烹调风味，也就难怪王公巨贾们对香料趋之若鹜！

据说公元前923年，希伯来国王所罗门的巨大财富就来自香料贸易。公元前80年，埃及的亚历山大港已经是香料贸易中心，直到公元7世纪罗马帝国衰亡，香料贸易之路才被阻断。

10世纪后，香料贸易再度兴盛，控制中东地区的阿拉伯商人因此成为巨富。13世纪阿拉伯商人势力衰退，威尼斯商人垄断市场。为了打破垄断，西欧各国纷纷寻找前往香料产地——印度的航线，由此揭开了大航海时代的序幕。在新航路探险中，葡萄牙人达·伽马率先绕过非洲南端的好望角来到印度，为葡萄牙开辟了海上香料之路。

自葡萄牙开辟了海上香料之路以来，15世纪末开始，葡萄牙支配着印度香料对欧洲的贸易，影响力延续到19世纪。18—19世纪，英国海上势力扩张，并在印度建立殖民地，于是伦敦成为欧美香料贸易中心。美国则于18世纪末介入香料贸易，第二次世界大战后，纽约取代伦敦成为世界香料贸易中心。

香料的价值在于，各种香料在烹调上能够赋予食物不同香气，并且凸显食材的独特风味。

每一种香料有它独特的味道，也有适合搭配的食材与烹调方式。例如，甜香的肉桂不仅适用于炖煮肉类，更适用于制作糕点，少许肉桂加在咖啡里也别有风味；带着清爽香气的香叶尤其适合小火炖煮的肉类；辛香的百里香适合烹调猪肉或鸡肉；香味清凉的迷迭香适合搭配煎或烤的海鲜；香气浓郁的罗勒则是西红柿菜肴的绝配；牛至常被用在比萨上增香。

另外也有些地区性的常见香料组合，例如法国普罗旺斯地区的普罗旺斯香料，印度的马撒拉，中国的五香粉、十三香粉，都具有独特的地方色彩，并能够让平实的烹调染上浓郁的香气。更因为各种香料的加入，讲求健康、保持原味的素朴烹调，才能呈现出各种诱人的风味。

随着饮食的国际化、多样化，香料的运用更加广泛，我家厨房就常备胡椒、花椒、大料、香叶、豆蔻、丁香、肉桂、迷迭香、百里香、山椒、大蒜等常用香料。千万别小看这些随处可见的香料，在人类历史上它们可留下过浓墨重彩的一笔！

五味之外

世界各地的烹调，于味道上，可以被总结为“酸、甜、苦、辣、咸”五种基本味道，几乎所有菜肴的味型，都是这五种味道的组合呈现。

其中有两种味道特别有意思。第一种是“辣”，科学研究显示，辣属于皮肤的痛觉，而不是味蕾的味觉。不信的话您不妨试试，抓点盐或糖，涂在手背上，根本没感觉；切点辣椒涂在手背上，火烧火燎的感觉可谓非常真实。

第二种是“苦”，呈现苦味的菜肴不是没有，但是比较少见，一般人都知道凉瓜，也叫苦瓜，还有南方的苦菜、客家人的苎麻叶，都是带苦味的蔬菜。因为能吃苦的人不多，所以除苦瓜之外，苦菜、苎麻叶都较为少见。

苎麻叶必须特别说说。外祖母是客家人，家母算半个客家人，所以家里的餐桌上，偶尔会出现客家风味，每到夏天，苎麻叶加红薯块煮成的羹，总会出现一两次。

苎麻叶是一种野菜，市场上买不到，得自己到野外去摘。摘回来的嫩叶清洗后，还得仔细去掉叶子上的小刺，加上红薯块，清水、小火慢慢熬，完全不调味，一直熬到苎麻叶的胶质释出，浓度如同清爽的羹汤。习惯上会搭配一点点非常咸的虾酱。苦的苎麻叶、甜的红薯块、咸的虾酱，构成奇特的味道搭配；这道羹并不出现在正餐餐桌上，而是家里的夏季下午茶点心。小时候我并不喜欢吃，后来也没想过学做这道羹。家母过世之后，就再也吃不到了。

扯远了！其实今天要跟大家分享的是，最近才被科学证实、传统五味之外的另一种味道——旨味！旨味这个词来自日本，日文发音读成“umami”，意思接近中文的“鲜”。

1908 年，日本东京大学池田菊苗博士以“水提取”的方法，从昆布中分离出了谷氨酸，并将这种味道命名为“旨味”。池田菊苗博士研究了许多种谷氨酸盐之后，发现谷氨酸钠的可溶性最好，味道最佳，而且易于结晶，并将这种生产方式申请专利。1909 年，铃木兄弟开始商业化生产谷氨酸钠，将其命名为“味之素”，也就是我们熟知的“味精”。

1985年，科学家确认这种“鲜”是继“酸、甜、苦、咸”之后的第五种基本味道，并获得国际化学界认可。因为科学实验证实，人类的舌头上具有可以感知“鲜”的味蕾，“鲜味”的信号通过独立的神经信号传导给大脑，并且大脑能够将“鲜”与其他四种基本味道区分开来。对于“旨味”或者说“鲜味”的研究成为风味化学里的重要课题。现代风味化学将“旨味”定义为“鲜味加风味”的组合，是一种可口的、像肉汤或肉一般的滋味。

鲜味的来源首先是谷氨酸，它是味精的主要成分，谷氨酸是一种天然氨基酸，也是所有生物天然具备的成分之一，更是人体神经系统传导的必要介质之一。此外，谷氨酸是非必要氨基酸，因为人体能够自我产生谷氨酸，从营养观点来说不必从食物中获得。

一般来说，100克牛肉大约含有10毫克谷氨酸，100克鸡肉则含有22毫克谷氨酸，同等重量的猪肉含有9毫克谷氨酸，羊肉则含有13毫克谷氨酸。不仅动物，植物也含有谷氨酸，比方说100克西红柿含有246毫克谷氨酸，100克大白菜含有94毫克谷氨酸，100克洋葱含有51毫克谷氨酸。当然谷氨酸含量最高的还是昆布，这种海带，每100克含有2240

毫克谷氨酸。

这也就是早期都以昆布为原料来生产味精的原因；今天当然不再用昆布作为原料，但是味精的生产也不是一般认为的化学合成。其实味精的主要原料是粮食，包括小麦、大豆、大米等。将这些原料通过微生物发酵、提取、精制等种种过程，最终生产出味精。为什么？因为用粮食生产的成本更低。

谷氨酸这种成分有两种形态，在动植物蛋白质中以螯合态存在，大约占蛋白质中氨基酸总含量的 20%，但是螯合态谷氨酸并没有鲜味，所以您舔一块生牛肉，并不觉得它特别鲜美，必须经过加热，让谷氨酸从螯合态变成游离态，才能呈现出鲜味。

当味精横扫亚洲的时候，日本科学家对“鲜味”的研究并没有停止。1913 年，小玉新太郎博士通过对鲣鱼鲜味成分的研究，开启了鲜味研究的新领域肌苷酸。1960 年，国忠明博士发现了香菇的主要鲜味物质鸟苷酸。鸟苷酸与肌苷酸均属于呈味核苷酸。

鸟苷酸、肌苷酸与等量的谷氨酸比较之下，鲜味不如谷氨酸，但是当鸟苷酸、肌苷酸加上谷氨酸时，却能将谷氨酸的鲜度提升六倍以上。于是“特鲜味精”就此诞生。

但是鸟苷酸与肌苷酸有两个缺点，它们都属于嘌呤核苷酸，代谢后会形成尿酸，大量使用会导致尿酸升高，不适合痛风患者。动植物组织中普遍存在的磷酸酶会分解肌苷酸，使它失去鲜味。

呈味核苷酸的生产，也是采用天然原料。利用特定的酶来分解原料，产生肌苷酸。

现代消费者对于味精、鸡精等提高鲜味的调味品，有几点误解。首先，这三种鲜味物质本来就存在于动植物食材之中，烹调上可以不使用味精、鸡精等鲜味剂，但无法去除谷氨酸、鸟苷酸、肌苷酸等鲜味成分。其次，某些人吃到味精之后身体会有口渴等不舒适的反应，那是因为所吃的食物里谷氨酸钠浓度太高。

您想，谷氨酸含量最高的昆布，每100克也不过含有2240毫克谷氨酸；而味精的国家标准，每100克谷氨酸钠含量必须大于98%，也就是说，每100克味精里含有98克以上的谷氨酸钠。当身体中的谷氨酸钠含量过高，人体的自我保护机制就会发出口渴的信号，让你多喝水，以便把谷氨酸钠排出体外。谷氨酸是人体神经传导的重要介质，当谷氨酸钠浓度过高，就会引起神经系统的不适反应。还好五到七小时后，过多的谷氨酸钠就会自然代谢掉。

明白味精、鸡精等提鲜调味品的特性，才能够正确地使用它。谷氨酸钠浓度这么高的味精，一点点就足以吊出食材本身的鲜味，不是用味精来产生鲜味。而且要在临出锅前加入味精拌炒均匀，以免它因为受热时间过长而失去鲜味。

所以说，知其然，还要知其所以然；凡事都有个度，过与不及都不是好事。

逐臭之夫

“老师、陈总，两位能不能下楼到外摆区吃，不久晚餐就开始营业了，这味道怕顾客有意见！”

下午三点半，正当我跟合伙人老陈，舒舒服服地在自家餐馆二楼享受自备下午茶时，店长突然从员工休息室冲出来，客客气气地劝告我们。原因无他，我俩正开心地吃着“法棍抹王致和臭豆腐配黑咖啡”。虽然我们是老板，但毕竟生意要紧，店长的劝告不无道理，于是我们乖乖听劝，移驾一楼大堂外面的外摆区，风和日丽下，无视一脸嫌弃的路人，继续我们愉快的下午茶。万万没想到，不到三分钟，大堂里拖地的阿姨扯着嗓子大喊：“什么味道那么臭，是不是下水管堵了？赶紧找物业来看看。”

当下，伴随着急促的脚步声：“老师、陈总，两位能不能到小广场对面的花园去吃？”不待我们回答，店长就已经招呼服务员，把我们的下午茶整盘端到离自家餐厅远远的花园里！

就我所知道的“臭食物”之中，王致和臭豆腐当属第一，生化武器级别的臭，远非臭鳜鱼、臭豆腐所能比拟！对了，王致和臭豆腐其实不是豆腐，而是腐乳，也叫酱豆腐，文雅点说，叫作“青方”。

离开北京到上海创业，虽然老家在台北，但是毕竟在北京生活了近二十年，难免有点怀念北京风味，所以北京朋友到上海来出差，特意带了两瓶王致和臭豆腐来探望。我的伙伴老陈，虽然是上海人，但喜爱美食，口味宽广，也喜欢这口。没有窝头片，我俩就用烤酥了的法棍切片替代，顺道买了两杯黑咖啡，愉快地展开下午茶！没想到，原本温暖人心的故事，突然就变成“逐出家门”的事故！

早些年，我根本不知道“王致和”的赫赫威名！第一次接触，我也受不了那个味道，没入口就封杀了！有一回，我约我的老师，也是老朋友，当年顶新集团华北区的张董事长，在白常继大师店里吃饭，最后主食上了一道饺子，当时只觉得饺子馅儿特别好，咸鲜醇厚的滋味非常别致。吃完才知道，白大师特别给做了一道臭豆腐馅饺子，就这样，我在没闻到臭味的状况下，认识了王致和臭豆腐的滋味！

那天散席后，张董事长顺道送我回家，大冬天车窗紧闭，车内温暖如春。没想到我突然打了个饱嗝！唰一下，四个车窗瞬间同步打开！宁可在车里穿羽绒服，四个车窗也再没有关上！不过，从此我就接受了王致和臭豆腐的独特风味。跟它比起来，徽菜的臭鳜鱼、长沙的炸臭豆腐、绍兴的炸臭豆腐，甚至大多数人的极限——毛豆蒸臭豆腐，都是小弟！

唯一能分庭抗礼的，我认为只有宁波的臭冬瓜！臭冬瓜的臭，我到现在还无法接受。这么说吧，包间里只要上了臭冬瓜，我就立马夺门而出！但是，人算不如天算，当年我的直属老板，大成集团粮畜事业群总裁，偏偏喜欢臭冬瓜，只要吃宁波菜，必点臭冬瓜，而且还亲自分菜给同桌的高管们！弄得我只要听说大老板要聚餐、安排的是宁波菜，就赶紧安排自己上天津出差，出不了差，就赶紧请假！

早年在台湾，我就喜欢吃臭豆腐。台湾的臭豆腐是白干子，吃法跟绍兴的臭豆腐一样，炸了吃。但是台湾的臭豆腐个头比绍兴的臭豆腐大八倍，炸得外酥里嫩，蘸着南方带咸味的辣椒酱，再配上一点酸甜口的台式泡菜。我家后面的菜市场，就有这么一个专卖炸臭豆腐的小摊子，我经常在放学路过的时候来一份！从高中吃到大学毕业参加工作，从老板娘到现在老板娘的儿子都认识我，每回都会多给我一筷子泡菜。

初到北京，并没见过类似的臭豆腐。是到南京出差时，在夫子庙附近见到南京的炸臭豆腐，但南京的臭豆腐是黑干子，瞧着不太习惯，就没有尝试。几年后到了长沙火宫殿，才尝试长沙的炸臭豆腐，配上特别调制的咸鲜带辣的蘸水，撒上香菜，臭香的味道相当好！采访鲁迅故居与三味书屋时，又尝到绍兴的炸臭豆腐，除了干子大小不同、没有泡菜，几乎与台湾炸臭豆腐一模一样。

臭豆腐，包括王致和的臭豆腐，为什么风味、口感独特，并且鲜美好吃？关键就在于发酵。发酵改变了食材的质地与风味。好味道大多离不开发酵，比方说酿造酱油、酿造醋、面酱、黄酱、日本味噌、南洋鱼露，包括白酒、红酒、啤酒等各种酒。

腐乳，是运用霉菌发酵，然后再腌制。腌制过程中，霉菌的菌丝深入豆腐内部，分解豆腐的大豆蛋白，分解之后破坏了豆腐原本的质地，而分解产生的就是谷氨酸，所以腐乳的口感一点也不像豆腐，但鲜美尤有过之。黄山的毛豆腐也是一样的道理，只是它不用腌制，直接煎了吃。

常见的臭豆腐，则运用苋菜、荠菜发酵出来的汁水，浸泡板压豆腐，经过七天左右，豆腐发酵，产生独特的风味。因为没有霉菌大量分解大豆蛋白，所以口感还是豆腐的口感。

在臭豆腐做成的菜肴中，我最喜欢的是“臭臭锅”，即用臭豆腐制作的火锅，汤里除了臭豆腐，还要加上韭菜、猪肠头等味道特殊且厚重的食材，基本上怎么臭怎么来，没有最臭只有更臭！比北京的卤煮还要刺激，真的是恶之者掩鼻而过，好之者趋之若鹜。

臭臭锅在台湾有二十多年历史，第一次尝试，是舍妹请客，在台北永和的一家街边小店，一开始还不太适应，没想到越吃越爱，终于上瘾而难以自拔。

这种“臭”食品，食材闻着臭，但是烹调之后另有一番风味。一开始闻着臭，吃上几口，立马转臭为香，而且臭香臭香特别上头！如果您还没尝试过，赶紧，走过路过，千万不要错过！

对了，如果您想自己炸臭豆腐，或是做臭臭锅，听我一句劝，别在自己家做，一定到好朋友家做，好东西要跟好朋友分享。为什么？懂得人自然懂，哈哈！

风口浪尖预制菜

最近总有业界大佬甚至跨界大佬在谈预制菜，我觉得只拿预制菜当个标签泛泛而谈，根本就是隔靴搔痒。预制菜行不行？什么是预制菜？今儿个咱们就掰开揉碎了说个明白！

预制菜并不是什么新发明，只不过以前不叫这个名字，最早它叫罐头，比如豆豉鲮鱼罐头、红烧鳗鱼罐头、八宝粥罐头等；后来改了包装材料，从马口铁改成软质铝箔包装或是耐热塑料包装，比如无锡排骨、黑椒牛柳、梅菜扣肉等各种调理包（也叫软罐头）。今天它改了个高大上的新名字，原因无他，市场需求罢了！

最近拍了几个探店视频，我就发现评论区好多网友在讨论，这家用的是不是预制菜？言外之意，似乎用了预制菜就大逆不道！其实餐饮行业用预制菜并不是今天才开始的，追溯起来，十多年前就已经不少。只不过当时不叫预制菜，而叫调理包。

今天的预制菜从广义来说，包含“即食”（Ready to eat)、“即热”（Ready to heat)、“即烹”（Ready to cook）三类，其中前两者属于成品，后者属于半成品；从狭义来说，预制菜只包含成品，也就是“即食”“即热”两类。

不知道您记不记得，从前有些商场、街边的小咖啡馆、小茶馆、冷饮店，用餐时段也供应简单的盖浇饭。其实这些小店几乎没有厨房，那么这些菜是怎么来的？没错，就是调理包！商家只需要焖好一锅米饭，把饭一添，水浴加热的调理包撕开往上一浇，最多再烫个青菜摆上，盖浇饭就完成了。虽然用的是调理包，但实质上这就是预制菜。

今天到处都是的外卖，特别是没有门店、只有小厨房专门做外卖的档口店，相当大比例也都是用调理包，只不过改了个名字叫预制菜。此外，速冻饺子、冷冻手抓饼、冷冻比萨等，广义来说也算预制菜。因此，各种炖品、盖浇饭，甚至饺子、比萨外卖档口所用，都是冷冻的预制菜，商家只要加热就行。

为什么这些小店、外卖档口愿意用预制菜？首先用预制菜基本不必请厨师，其次用预制菜比起店里烹调成本更低，而且预制菜几乎都是冻品，保存时间长；正经合规食品厂生产的预制菜，不管口味好不好，至少规格标准、味道一致。

所以，预制菜已经在我们的生活中好多年了，只不过咱们没注意，而且当年调理包低调做生意，不像今天预制菜总做大张旗鼓的宣传，搞得好像预制菜就是餐饮行业唯一的未来！

有些朋友关心的则是，正餐厅是不是也用预制菜？当然有可能，但还得分成几种不同状况，比如连锁餐厅自己的中央厨房生产，配送给各门店的半成品或成品；连锁餐厅委托食品厂代工生产，配送给各门店的半成品或成品；连锁或非连锁餐厅，向食品厂采购的成品或半成品。其实，单店餐厅也会出现这种情况。比方说，卖东坡肉或红烧肘子的餐厅，不可能顾客点一份它就做一份，肯定是一做一批，然后抽真空、包装好再放进冰箱，顾客点单后再取出来加热。您说这算不算预制菜？

这三种状况其实早就是餐饮行业的常态，特别是最后一种状况。前两种状况从餐饮经营角度来看无可厚非，第三种状况就得看采购的是什么档次的半成品或成品。举个例子，过去，吊汤是每个餐厅厨房的基本功，但是今天的餐厅，除非对高汤有特殊要求，自己吊汤的餐厅已经不多见，但是用瓶装鸡汁、浓汤宝、浓缩鸡汤，价格、味道可是完全不同。

以前我的餐厅不吊高汤，但我用的是正规食品厂采用大型高压设备生产的无添加浓缩纯鸡汤。这种高汤可不便宜，比起鸡汁、浓汤宝贵多了，几乎跟自己吊汤的成本不相上下，可是它帮我节约时间、人力，节约厨房空间，并且成品标准一致。这种高级成品，我只要再下自己的香料配方，烧一小时，完成品就是我的独特风味。确实，完全不用半成品或成品的餐厅越来越少，但是大多数对菜品质量有点要求的餐厅，不管是用半成品或成品，都会在店里进行再加工，确保自己口味的特殊性，不至于跟满大街的口味雷同，毕竟自己的商誉还是得维护一下。同样，预制菜也分档次、分价格，不能一概而论。举个最极端的例子，鱼子酱、伊比利亚火腿、鹅肝酱都算预制菜！您能说高端餐厅不用吗？

餐饮、食品行业的工业化，是大势所趋。好多年前，两大调味料巨头都推出了标准化复合调味料，比如鱼香肉丝酱、宫保鸡丁酱，当时我就跟在其中一家公司工作的朋友开玩笑说："你们太厉害了，以后上馆子点鱼香肉丝，只有两种味道，不必挑馆子，只要挑 U 家的酱或 N 家的酱就行了。"今天这种专供餐厅使用的复合调味料更是琳琅满目，只有你想不到，没有你找不到。

其实，我觉得消费者并不是反对预制菜，而是反对劣质预制菜的“科技与狠活”，以及无良商家以次充好牟取暴利。食品添加剂是食品工业的基础，某种程度上，没有食品添加剂就没有食品工业。国家对于食品添加剂的使用有严格的规范、标准，但是这些规范、标准还是依靠人来执行。当前可见的使用非法添加剂或超标使用添加剂的情况，从根本上说，还是人的问题，是无良商家太没底线所致。

在我看来，半成品或成品的大量使用，势不可当。越来越多的餐饮店会挑选优质的成品或半成品，经过再加工成为自己的特色菜品。没办法说这到底好或不好，最终的关键还是预制菜的质量与还原度；采用好原料，精心设计，高还原度的预制菜，不见得比厨房现做的差，只要安全、合规、合标，也未尝不可！

驻京办与大使馆

北京的吃就像一锅大杂烩，世界各地的口味几乎全到齐了，完全是国际化大都市的饮食范儿。

吃东西可以尝尝新鲜，但总离不开自己吃惯了的食物、熟悉的口味，于是随着外来人口，粤菜、川菜、闽菜、淮扬菜、云南菜、贵州菜、上海菜，甚至意大利菜、法国菜、西班牙菜、德国菜、比利时菜、印度菜、泰国菜，只有你想不到，没有你找不到，精彩纷呈，生气蓬勃。

虽然什么地方的口味都有，但地道风味却不太好找，小餐厅似是而非，大餐厅也不见得地道。毕竟有那么多当地人呢，这才是最大的顾客群体，所以一般外地口味到了北京之后，大多数都会随着当地的偏好调整口味。而餐厅多了，竞争也激烈，基于价格、成本考虑，常常以北京附近的食材、调味品取代当地生产的原材料。所以对老饕们来说，这些餐厅做出来的异乡或异国风味，大多数不及格。

不过，针对本地人的口味稍微调整一下，做生意嘛，无可厚非。所以真的想尝尝地道家乡风味，您得跟着老乡走。想尝尝各地各国的地道风味，您就得多问、多打听。我的朋友们就常常问我，“老高，五道口那一家台湾菜正不正宗”“老高，东直门那一家台湾小吃地不地道”。其实我也不太清楚，因为我会做，想吃家乡口味，自己动手就解决了，很少上台菜餐厅吃饭。

那么，问题来了。比方说我老家是台湾，但我想在北京尝尝地道云南风味，该上哪儿去？看某点评吗？那都是大众化的“北京云南菜”。既然一般餐厅不行，那么正宗口味上哪儿找去？别着急，老饕们自有办法。北京有两种全国独一无二的机构，第一种是“驻京办”，第二种是“大使馆”。

这两种地方当然不是餐厅，却是找到正宗口味的路标。中国各省、直辖市、自治区大多都有驻北京办事处，各邦交国也都设有大使馆。有的是盖栋大楼，兼营酒店餐厅；有的也会凑在一起设个办事处。这些驻京办、大使馆正是老饕们的路标。

驻京办的酒店几乎都附设餐厅，没有餐厅的驻京办，附近也会有一两家不错的当地风味餐厅，因为来来去去的客人之中，有不少是来自本乡本土；云南人当然比北京人更懂云南菜，江苏人当然也比北京人更懂淮扬菜，所以这些餐厅不会轻易调整口味，更不敢挂羊头卖狗肉。于是不仅从当地聘请大厨，连食材、调味品也都从原产地运过来。正确的烹调加上正确的食材，做出来的口味自然八九不离十；甚至一般在北京吃不到的当地特色菜，在这些餐厅里也有得吃。比方说，云南驻京办的各种新鲜菌菇，四川驻京办的辣子鸡丁、泡椒牛蛙，江苏驻京办的清炖狮子头、雪菜黄鱼面、虾爆鳝，福建驻京办的佛跳墙、上汤肉燕、蚝烙，在北京都是上上之选。还有一点令老饕们满意的是，虽然这些餐厅的装修不豪华，但价钱却相对公道。

我第一次上驻京办餐厅吃饭，就是朋友推荐的云腾宾馆。宾馆里的餐厅不大，也就四十来个座位，装修一般，但是爆炒牛肝菌、生炸鸡翅中、汽锅鸡、小锅饵丝……确实可圈可点！不过第一次去品尝时，觉得菌菇价格比市场上贵了不少，大堂经理解释，鲜菌都是每天头班机空运进京的，每天打“飞的”的菌子，成本确实高；店内也有较便宜的冰鲜菌子可供选择。

后来才知道云腾宾馆边上就是云南驻京办。食髓知味，后来陆陆续续去过四川驻京办、福建驻京办、贵州驻京办、江苏驻京办……基本都十分满意！

如果想尝尝地道的异国风情，使馆区绝对是首选。大使馆里大多设有员工餐厅，并由该国厨师掌勺，但您未必进得去。不过各国大使馆附近，通常都有一些异国风味餐厅，这些餐厅的主顾正是大使馆的外籍员工。为了满足顾客要求，供应的当地菜肴基本靠谱，这些餐厅有的从国外礼聘大厨，有的送厨师出国受训，很多还自己进口食材、调味品。所以北京的比萨、意大利面可以跟意大利的媲美，西班牙餐厅有纯正的海鲜饭、塔帕斯，比利时餐厅供应蒸海虹与琳琅满目的比利时果味啤酒，土耳其餐厅能吃到正统的烤肉，美式餐厅的苹果派跟美国家庭自制苹果派不相上下……

我在北京吃到最满意的海鲜饭，就在使馆区附近，餐厅老板是嫁给大使馆外籍员工的北京姑娘，曾经远赴西班牙瓦伦西亚学习烹调，并且聘请西班牙厨师坐镇。最初听说这家餐厅，塔帕斯不仅种类多，而且接近正统的瓦伦西亚风味，所以特别前来品尝。当我看到菜单上有海鲜饭时，立马不淡定，想点这道西班牙的经典美味。服务员说必须预订，而且一锅是四人份，我当下就预订，打定主意明天再来一趟，吃不完我就打包！因为北京能把这道菜做对的西班牙餐厅本来就很少，更不用说做得好吃；应该用西红花上色的米饭，不知道谁出的馊主意，改成用番茄酱上色，不仅以讹传讹，还自以为正宗。应该是金黄色的米饭变成俗艳的红色；结果没有西红花的幽香，却搞出番茄罐头的味道。

插句话，国内一般都管西班牙的 paella 叫“海鲜饭”，其实这个翻译并不严谨，paella 是一种西班牙双耳平底锅的名字，所有用这种平底锅做的饭，不管加入海鲜、鸡肉、猪肉等各种食材，都叫 paella，海鲜饭只是众多口味中的一种！

隔天就为了海鲜饭，专程再跑一趟，果然不负所望！食材、口味、器皿，中规中矩！因为这次经验，从此，想吃异国风味的时候，就往使馆区跑。

下次您来北京，不妨试试驻京办餐厅，或是到使馆区附近逛逛，或许会有意外的惊喜。

辑四

浅谈洋味

中国西餐发源地

上个月，出差到天津，遇上周末，特意到起士林吃个午饭，没想到竟然要拿号排队！这真有点意外，去起士林原本是因为听朋友说，近几年起士林的水平下降得很厉害，特意前来一探究竟；原本心理预期是门可罗雀，万万没想到竟然是门庭若市。

上了二层，装修倒没什么变化，还是复古西餐厅的风格，服务差了点，有点西餐食堂的感觉，但是考虑到它的人均消费水平，还能接受。点了炸猪排、罐焖牛肉、德式香肠拼盘、沙拉、意大利面，感觉还不错。

我说的还不错，是基于起士林本身自带的历史光环与特殊定位。您不能拿它跟今天著名的 Opera、MIO、Wolfgang 等米其林级别西餐厅比较，甚至也不能跟五星级酒店里的西餐厅比较；起士林的西餐，走的是复古路线，完全是清末民初，中国临海大城市刚开始通航通商，西餐正式传入中国那个时期的西餐。

根据我手边的资料，当时著名的西餐厅，到今天还存在的只有天津起士林、上海红房子与德大西菜社。这三家都还保持着早年的风格。不过这三家的西餐为了服务中国顾客，早年也都做了些调整。算是最早期的中式西餐吧！

起士林创办于1901年。1900年至1902年，八国联军占领天津，各国士兵驻扎在天津各处。当时德国兵营的炊事兵阿尔伯特·起士林厨艺非常出色，据说阿尔伯特·起士林原本是德皇威廉二世的御用厨师之一，1896年李鸿章访问德国时，起士林还亲手为他做过西餐。

袁世凯担任直隶总督之后，为了与各国驻天津的外交官交际应酬，经常在天津举行酒会。由于阿尔伯特·起士林名声在外，于是袁世凯邀请他前来掌厨，他在各国菜系中精选法、德、俄等国的代表菜式，并且精心烹调了俄国红菜汤，让参加酒会的各国使节大为赞赏，大家都想见一见做菜的主厨。

阿尔伯特·起士林不愧为御用厨师，不但菜做得好，而且熟悉外交礼仪，加上他在中国这几年学的比较流利的汉语，这些让袁世凯非常高兴，于是袁世凯当场赏他银两作为谢礼。这件事很快就在天津城传开，许多天津的有钱人都想亲口尝尝阿尔伯特·起士林做的西餐是什么样的美味。这也让他兴起了在中国开餐厅的想法。后来，阿尔伯特·起士林请袁克定（袁世凯长子）说情，从德国军队中退伍，来到袁克定家做私人厨师。

几个月之后，在德国人汉纳根和买办高星桥两人的资助下，起士林西餐厅在天津法租界大法国路，也就是今天的解放北路与哈尔滨道交叉口附近正式开张，从这一天开始，西餐正式走入天津餐饮界。

起士林开业后除了供应德、法西餐，还自制精美可口的糖果面包。由阿尔伯特·起士林掌灶，他的妻子负责前场，并且雇用了德国人罗理斯当助手，初期的起士林西餐厅主要就靠这三个人经营。

起士林的出现为住在天津的外国人增加了一个用餐的好去处，阿尔伯特·起士林高超的厨艺在他的拿手菜黄油焖乳鸽、德式牛排、罐焖牛肉、红菜汤等菜品里展现得淋漓尽致。很快起士林就在天津享有极高的知名度。每到用餐时刻，小餐厅里总是爆满。同时经由高星桥的介绍，起士林承包了津浦铁路的面包供应，由此起士林的名声也传遍中国各地。

起士林西餐厅靠近天津租界的法国公议局，法国食客比较多，其中不少是法国公议局的官员。据说有一天，两名衣着不整的法国士兵进了餐厅，阿尔伯特·起士林的妻子连忙劝阻。没想到，法国士兵竟然破口大骂。阿尔伯特·起士林忍不住与法国兵扭打起来，结果所有吃饭的法国人围殴他。最后，法租界官员勒令阿尔伯特·起士林在三天内将餐厅迁出法租界。无奈之下，起士林只好到德租界重新选址开店，同时将规模扩大到五百平方米。

起士林搬家之后生意更火，除了各国侨民、官员，身处天津的达官显贵也偏爱起士林。袁世凯过生日的时候，将起士林西餐厅整个包下来，阿尔伯特·起士林按照西方的风俗布置会场，并且为袁世凯特别制作了一个多层蛋糕，装饰以各式各样的花纹图样，顶上镶嵌一个“寿”字，四周缀满奶油制成的鲜花，看得人眼花缭乱。从此天津有钱人过生日，几乎都会到起士林西餐厅宴客，而且订制别具特色的生日蛋糕。

后来，黎元洪在天津过生日时，向起士林订制了一个很大的方形寿字蛋糕，四周点缀了四十六个小“寿”字。据说来年袁世凯又让起士林做了一个比黎元洪的还大的蛋糕。

20 世纪 30 年代，起士林生意更加兴隆，餐厅还附设舞池和露天用餐区。第二次世界大战期间日军占领天津，起士林生意一落千丈。

1949 年之后，天津市政府成立了“企管会”，全面接管外侨企业。起士林和当时的维格多利餐厅以及天津饭店等外资产业，都归企管会管理。20 世纪 70 年代后，政府同意恢复起士林西餐厅，这才有了今天的天津起士林。今天的天津经济发展、社会繁荣，有些地区、建筑仍然保持着当年的风貌，而起士林正是那个时代特别的饮食记忆。

西餐厅里吃西餐

今天在北京街上已经很难再看到清末民初的北京面貌了。大多数年轻朋友都知道东直门外的使馆区，其实清朝末年也有个使馆区，只不过当时叫“租界”。

它就是长安街南边、天安门广场东边的东交民巷，它是北京最长的一条胡同，西起天安门广场东路，东至崇文门内大街。

元朝时，东交民巷和天安门广场西侧的西交民巷是连在一起的，那时候还叫作江米巷。明成祖迁都北京时，在今天的天安门广场修建棋盘街，把江米巷截成两段。六部中的礼部，以及负责接待外国使节的鸿胪寺和会同馆，就在东江米巷。

棋盘街、东交民巷一带原本是明清两朝“五府六部”所在地。1840 年鸦片战争之后这个地区先后设立了英、俄、德、法等国大使馆，1901 年之后改为使馆区，英、美、法等十一国在巷内成立联合行政机构，还引进了美国花旗银行、法国东方汇理银行、英国汇丰银行、日本正金银行，并修建教堂、医院等。

除这些机构之外，东交民巷还有一座国际知名的大饭店——六国饭店。六国饭店是 1900 年英国人开设的；这一栋四层楼房，主要为当时各国公使、官员及上层人士服务。因为它在租界里，不属中国管辖，北洋时期下台的各种过气军政要人也常常躲到这里来避难。

自六国饭店开业之后，北京就正式有了西餐，说起来北京接受西餐的时间与上海、天津不相上下。不过当时的西餐口味除了六国饭店的正式宴会之外，大多都针对中国顾客做了些调整。从豪华的北京饭店，到平民百姓的撷英番菜馆，都供应这种改良式“中国风味西餐”。所以这些馆子里所谓的的“英式”“法式”“德式”，其实大多数是厨师自创的“混合式”。

比方说，英国人喜欢吃炸鱼、炸薯条，于是裹上面衣的炸鸡、炸鱼、炸肉片就都成了“英式”；法国菜大多数包含各种沙司，于是厨师就创造出一种以番茄酱、胡萝卜丁、口蘑丁、豌豆和葡萄干为主要原料的自制甜酸沙司，只要把这种沙司浇在炸猪排、炸鱼或碎肉饼上，就称为“法式”。20 世纪 50 年代天津的和平餐厅、起士林，北京的华宫食堂、春晓西餐厅，上海的德大西菜社、红房子，经营的英式、法式西餐，几乎都是这种经过改良的中式西餐。

唯一不同的是俄式西餐。因为 20 世纪 20 年代初期，就有不少落魄的前沙俄贵族来到哈尔滨、天津、上海等大城市。这些人为了谋生而在这些城市开设了俄式餐馆，或是在中国人经营的西餐馆中担任厨师，相对地道的俄式西餐就通过他们来到中国。例如中国人最熟悉的、许多家庭都会制作的罗宋汤，就是最有代表性的俄国菜。不怕您笑话，家母会做罗宋汤，但是家母一向用番茄做罗宋汤，以至于到了北京，尝试过正统俄餐之后，才知道罗宋汤来源于俄式红菜汤，应该用甜红菜头，而不是番茄。

北京人真正品尝到世界各地的纯正风味佳肴，应该是在 20 世纪 90 年代之后。当真正的法国黑松露、鹅肝酱、黄油煎鲑鱼、蒸海虹、芝士焗比目鱼、白扁豆烩羊肉和红酒小牛肉端上餐桌的时候，人们才恍然大悟，什么是地道“法式”西餐。

今天的北京，吃西餐已经不稀罕，除了法式、英式、德式，现在连正统的西班牙式、意大利式、比利时式都一应俱全。而且大多数不是由该国厨师掌厨，就是由在该国学成归来的中国厨师掌厨，食材更是不惜重金从海外进口，无论色、香、味、形都相当到位。

近几年国际著名的餐厅排行榜米其林，也开始对北京、上海、广州等城市的餐厅进行排名。对于米其林的排行榜，原本我是有意见的，因为饮食习惯的差异，米其林是从西餐的排名开始的，用米其林全球一致的西餐评分标准来评判中餐，肯定有失公允。

深入了解之后，我才明白米其林的排名推荐，根本就不是为本地人所设。它的目标群众就是“来华出差、旅游的西方人士”，那么它的评分标准也就无可厚非。不过对它所产生的影响，我还是有意见。西餐，尤其是法餐的“Fine Dinning”（姑且翻译成“精致晚宴”吧），特别重视氛围，包括特别精美的摆盘。时尚所趋，很多高档中餐厅铆足了劲模仿、学习法餐摆盘，甚至忘了中餐的摆盘原则！好看倒是挺好看，可除了好看并无其他可取之处。

在正统西餐遍布各大城市的时候，原本已经淡出舞台的中式西餐却意外卷土重来，成为一种流行的怀旧象征，特别是在北京、天津、上海这种大都市里，除了怀念旧日中式西餐的老一辈，红房子、起士林、“老莫”等具有长远历史的著名中式西餐厅，再度成为时尚青年男女的另一种选择。只是不知道这个风潮能持续多久？

意大利面的方方面面

时装、皮件、跑车、名表……“意大利”是全球时尚圈中最具朝气与活力的代名词。此外，意大利的传统美食——意大利面，也是举世闻名的美食！

长久以来，意大利面一直是意大利人钟爱的主食，有人认为，意大利面是元朝时期前来中国的威尼斯商人——马可·波罗，从中国带回意大利的。当然也有人持不同看法。但不管它的起源如何，这种风味独特的面条，不仅是意大利人的最爱，而且已经是广受全世界欢迎的美食。

地道的意大利面很有嚼劲，柔韧中带着爽脆劲，这种独一无二的口感来自它的特殊原料——杜兰小麦，它是质地坚硬的小麦，也是制作意大利面专用的小麦品种。杜兰小麦主要产于欧洲大陆、加拿大和美国，全世界每年生产大约四千万吨，绝大部分用来制作意大利面。杜兰小麦的蛋白质含量，比用来磨制高级烘焙粉的硬红春麦还要高，因此形成意大利面独特的劲爽口感。

经过数百年的精炼，意大利面发展出各式各样的变形，例如长面类的圆条面、小舌面、天使发丝、针孔面；短面类的通心粉、蝴蝶面、螺旋面、笔尖面；各种形状不同的面，还有加上菠菜汁、红菜汁、墨鱼汁等做成的彩色面。虽然琳琅满目、种类繁多，但最具代表性的还是传统的 Spaghetti 圆条意大利面。

意大利面还是一种很科学的面，市面上销售的干意大利面，大多数包装上都会告诉你，多少水加多少盐，煮多少面，煮几分钟，非常容易上手。不过您得注意，按照说明煮出来的意大利面，中心会有针尖粗细的硬芯，因为正统的意大利面不是煮好之后浇汁，而是煮好之后再与酱汁一起拌炒，所以煮面的时候，面要煮得略生一点，拌炒之后才恰到好处。

当然，更高级的是现做的新鲜意大利面，这个有点考验技术，今天就不说了。

除了面条，意大利面风味的另一个关键是它的酱汁，最常见的是番茄酱汁，也被称为“调味酱之母”。

番茄原产于南美洲，16 世纪才传入欧洲，可是当时它只作为观赏植物，直到传入意大利才成为食物；17 世纪开始，在意大利那不勒斯被大量种植，成为意大利美食的重要食材。

制作番茄酱汁必须用橄榄油爆香大蒜末、洋葱末，将洋葱末炒出甜味，加上去皮切碎的“圣马扎诺”番茄，小火慢熬、细细搅拌，直到颗粒化尽、汤汁浓稠，再加盐和现磨黑胡椒等佐料调味，才能够作为意式烹调的基础酱汁。烹调时随着所需的口味，加入肉碎或海鲜等食材，甚至做成比萨用的酱汁，构成意大利美食的传统风味。

除了番茄制作的红酱，浓郁滑润的白酱也很受欢迎。它是一种奶香浓郁的酱汁，必须在融化的黄油中拌炒面粉，让面粉的香味充分散发，接着加入适量鲜奶；由于黄油很容易焦锅底，而且面粉很容易结块，因此传统做法的白酱是对厨师火功的一大考验。白酱在法餐与意餐中都很常见，一般多用在焗烤类烹调，或是制作各种奶油浓汤。

传统罗马风味的意大利面 Carbonara 也是一种白酱意大利面，但是它的白酱做法特殊。Carbonara 是意大利语烧炭工人的意思，传说这种意大利面酱汁是由罗马附近的烧炭工人发明的。采用咸肉、蛋黄、奶酪粉，风味咸鲜浓醇，蛋香十足，而且没有奶油的厚重感。

蒜香酱汁是另一种独特的调味风格，用这种酱汁制作的意大利面，被我戏称为“意大利油泼面”。大蒜与辣椒是意大利厨房必备的食材。但是越简单的食材，对食材本身质量与厨师手艺的要求越高。

蒜香酱汁的第一个要求就是橄榄油。橄榄油是环地中海地区普遍采用的食用油，被誉为“液体黄金”。食用级橄榄油以初熟的油橄榄鲜果，运用物理冷榨法提取天然果油。不含胆固醇，并含有比任何植物油更高的不饱和脂肪酸、丰富的脂溶性维生素 A、D、E，以及抗氧化物等成分，对于血液循环、消化系统都有所帮助。

大蒜要选颗粒饱满的当年新蒜，才能煸炒出诱人的蒜香。辣椒则精选颜色鲜红、香味浓郁、辣味醇厚而不霸道的辣椒。鲜辣椒、干辣椒都行。

特级初榨橄榄油的清新、当年新蒜的辛香、新鲜辣椒的醇厚辣味，搭配柔韧、爽口的意大利面，交织成完美的舌尖交响曲。

发源于意大利热那亚的青酱，则带来另一种糅合罗勒香、松子香与蒜香的清新风味。

青酱的独特风味主要来自罗勒，它是亚热带地区药食两用的芳香植物，天然散发出综合丁香、松针与薄荷的清新芳香。古代意大利人认为罗勒是上天赐给世人作为药用和食用的珍贵礼物，有“香草之王”的美称。

罗勒有好几个品种，也有好多个名字，在我国南方也有生长，中医认为它性温、味辛，有疏风行气、化湿消食、活血、解毒之效。闽南、台湾称其为“九层塔”，潮汕称其为“金不换”，也有些地方称其为“鱼香菜”“兰香”“荆芥”。我就习惯叫它九层塔。

九层塔是我很喜欢的香料，做三杯鸡少不了九层塔，剁碎了摊鸡蛋也非常好吃，做蘸水搁点新鲜九层塔更是提香。中国的九层塔味道跟意大利的罗勒大同小异，但是品种不同，意大利罗勒的叶子卷曲，中国九层塔的叶子扁平。我曾经在自家阳台上种了几盆九层塔，可惜都没有成功。据知情人士介绍，是因为我嘴太快，新叶子还来不及长，老叶子就全部被我吃掉，杆子光秃秃的九层塔是养不活的！

罗勒在网上常常跟紫苏搞混了，这是两种完全不同的香料，味道、香气完全不一样。紫苏的叶子边缘是锯齿状，有点像桑叶。紫苏也是我喜欢的香料，江南烹调里常见，日料也经常用到。

以罗勒为主的青酱是将新鲜的罗勒叶、烤过的松子和少许大蒜分别打碎，加上特级初榨橄榄油细心调匀，略为封存熟成。罗勒与蒜的辛香，恰好平衡松子与橄榄油的醇厚，气味清香而且层次分明；青酱是意大利风味中相当珍贵的酱汁，在我国也颇受欢迎。

我常常在家里做一小锅酱汁，搁冰箱里冷藏。回到家煮点意大利面，现成的酱汁一拌炒，简单省事而且好吃！

意大利面快速好做，市场上干意大利面，以及各种罐装、袋装酱汁都能买到，厨房小白也不容易失手；此外，它的营养均衡，口味极佳。得空您不妨试试！

另类米饭

米饭的各种做法之中，意大利的炖饭，可以说是特立独行的“奇葩”，说它像粥？它又不是粥。说它像烩饭？它也不是烩饭。说它像炒饭？它更不是炒饭。源自意大利的炖饭——Risotto，就是这么别具一格。

之所以说它不是粥，是因为它非常醇厚，虽然表面黏稠，但米粒比较硬且颗粒感非常明显。它也不是烩饭，因为它不是煮好的米饭浇上勾芡的菜肴再烹调，它是直接由生米加高汤煮成。虽然做意大利炖饭得炒，但它炒的是生米，可不是饭。

国内很多意大利餐厅都做炖饭，可是做得正确的比较少见。这也不能完全怪厨师，按意大利人的标准做炖饭，估计您也得投诉他“米饭夹生”，餐厅为了避免投诉，只好把米饭烧到完全软化，适应了国内消费者的需求，而放弃了意大利炖饭的特色。当年我店里也卖了一阵子意大利炖饭，因为总被客人投诉，又不想放弃炖饭的特点，于是就下架了。

做意大利炖饭，按传统得采用意大利的“阿波罗”大米，这种大米有个特性，就是吸水性特别强。一般大米能吸收本身重量 25% 的水分，阿波罗大米则能吸收自身重量 40% 左右的水分，还能保持一定程度的颗粒感。意大利人并不喜欢“粥”那种无需咀嚼的软烂口感，因此做炖饭的时候，哪怕外观浓稠如奶油般润滑，也得保留米饭里的一点点硬心，要的就是带点嘎嘣脆的口感，其实它真的熟了，只是没被完全煮软。

意大利炖饭起源于意大利北部，做意大利炖饭不需要淘米，先在平底锅里用橄榄油炒香洋葱末，以及各种欧式新鲜香料，然后直接倒入大米一起翻炒，让米粒吸收香料的香味。然后加入一点白葡萄酒提香，再一点点地加入预先做好的鱼汤或鸡汤，小火慢慢熬煮，不盖锅盖，因为这时候得不停搅拌，还得随着大米吸收汤汁的状态，不断补充汤汁，直到米饭吸足汤汁，还保持点硬心。只有这个步骤比较麻烦，您得不停搅拌，不搅拌就扒锅底，等火候到了，再加入大量马苏里拉芝士，炖饭就算完成。

制作炖饭时搁点蘑菇就是蘑菇炖饭；搁点松茸就是松茸炖

饭；在炖饭上放一块煎好的鹅肝，就是鹅肝炖饭；铺几片意大利帕尔马火腿，就是火腿炖饭；刨点松露，就是高价的松露炖饭；搁点芦笋之类不出水的蔬菜调剂一下颜色与口感，也没问题。

意大利炖饭并没有标准配方。炖饭本身是一道家常主食，愿意怎么做，下哪些材料，做海鲜炖饭、牛肉炖饭、蘑菇炖饭，随心所欲，信手拈来。我曾经在意大利炖饭里加入四川腌肉和川味腊肠，效果也相当不错！

在各国各地烹调之中纵横穿梭，随意组合，正是烹调的乐趣所在。我经常这么异想天开，您不妨也撒开手试试，肯定会有意外的惊喜。

话说回来，意大利炖饭我是相当喜欢，但是带着点硬心、嘎嘣脆的米饭，我也吃不惯。是不是古法、传统，其实不重要，好吃才是硬道理！

一杯清茶泡米饭

各式各样的米饭、炊饭、拌饭、煲仔饭，大多数我都尝过，甚至连红火一时的西瓜拌饭也吃过——西瓜拌饭真的是拿新鲜西瓜切块伴着米饭一起吃，但始终不明白，凉白开泡饭是什么滋味？因为这一口，实在提不起食欲，也勾不起好奇心！但是菜汤拌饭——南方称其为“汤泡饭”，北方称其为“烫饭”——则不然！

小时候觉得菜汤拌饭挺好吃，但这只是一种随机的吃法，不能说是一道固定主食，并且家母对此相当有意见，也只能偶一为之。长大之后还是愿意吃菜汤拌饭，但不再来者不拒，得看看是什么汤，比如台湾的麻油鸡、福州的佛跳墙、广州的花胶鸡，拌饭确实都挺好吃！

我在北京开面馆的时候，也误打误撞做出一道“隐藏菜单”——牛肉汤泡饭。这道牛肉汤泡饭，让北京美食圈的朋友们至今念念不忘！

其实它的诞生纯粹是个巧合。开店的时候，我几乎每天都在店里吃饭，时间一久，再好吃的东西也提不起兴趣。有一天午餐时段刚过，该我吃午饭了，可是菜单上的东西对我而言完全失去吸引力，于是我盛了碗饭，到厨房里浇上牛肉面用的牛肉汤，撒一把葱花，就到大堂里吃了起来。没料到，一位熟客正好走进来，看了我一眼，问道:“老板，你吃的是啥？”“店里的工作餐。”我回答。他又问:“工作餐吃啥？”“牛肉汤泡饭。”“给我来一碗。”事情就这么发生了！

没隔几天，我邀请了几位美食圈的朋友早上来店里尝尝刚出锅的牛肉汤，因为刚出锅的牛肉汤，虽然醇厚不足，却带着一股特别新鲜清爽的风味；这种风味只能保持十五分钟左右，一过了这段时间，汤就越来越浓厚，尝不出那种独特的新鲜风味。我突发奇想，也让这几位朋友尝了尝牛肉汤泡饭，没想到众人交口称赞！消息传开，圈内各路英雄好汉纷至沓来，但我始终没把它列入菜单。于是就有了以下对话:“服务员，来份牛肉汤泡饭！”“你认识我们老板吗？”“不认识。”“不好意思，老板没交代，今天没准备！”一直到我在上海开了米食主题餐厅——“嗑米”，才把它列入常规菜单。

后来仔细想过，为什么会觉得牛肉汤泡饭比牛肉面好吃？我推测是因为，当你吃牛肉面的时候，用的是筷子，面条的味道来自它表面上挂着的汤汁，而吃牛肉汤泡饭用的是汤匙，连汤带米饭一口下肚，汤汁当然比面条上的多，相对地，味道自然更加浓郁！

一般来说，味道醇厚浓郁、富含油脂的汤，特别是浓汤，才适合用来拌饭。但有个例外，它是一种常规做法，也是我很喜欢的一种吃法，那就是日料里面的茶泡饭。

第一次品尝茶泡饭，是个冬天，在北海道朋友家里，冷饭，浇上滚烫的煎茶，桌上只有一碟腌萝卜、一碟油煎咸鱼。没想到这么简单的组合，却出乎意料的开胃爽口，而且吃完之后特别舒服，没有丝毫负担。后来这也成为我家常见的早餐。

茶泡饭，算是日餐里最简单朴素的家常吃法，过去是进不了餐厅的，直到一位国宝级“斜杠”大叔北大路鲁山人出现。

出生于日本京都的北大路鲁山人，本名房次郎，拥有篆刻家、画家、陶艺家、书法家、漆艺家、烹调师、美食家等各种身份。他创办的“美食俱乐部”以及“星冈茶寮”，汇聚了当时日本文化圈众多知名人士，真的是“谈笑有鸿儒，往来无白丁”！

鲁山人偏爱茶泡饭，他不仅爱吃茶泡饭，还研究茶泡饭、改良茶泡饭，并且写了许多关于茶泡饭的文章。正因为他在文化圈、美食圈的极高知名度与影响力，茶泡饭跃上台面，成为日料店、居酒屋的常规主食。

茶泡饭从最初以煎茶制作，到后来餐厅里用昆布鲣鱼汁制作，今天更出现了煎茶调昆布鲣鱼汁甚至抹茶调昆布鲣鱼汁等各种版本。茶汤如此多变，食材也不遑多让。腌制梅子、腌制三文鱼、腌制鲑鱼籽、蒲烧鳗鱼、炙烤松茸等陆续加入阵营，同时也演变成两种形态，一种是食材直接放置在茶泡饭上面，一种是食材放在另一个盘子里，有点像苏州浇头面“过桥”与否的分别。

茶泡饭与汤泡饭最大的不同，就在于茶与汤的不同。茶没有一丝油脂，哪怕调入了昆布鲣鱼汁，也不含油脂。茶本身的香味与微涩的口感，更带出了米饭本身的甘甜。只要搭一点点清爽的配菜，不管是甜是咸，就立即散发出独特的风味！直到现在，我还在尝试各种茶与米饭、食材的搭配。

鲁山人的一段话，给了我很大的启发，他说：“任何食材都有其他食材不可替代的原味，因为那都是天地创造的自然力量使然。如果说料理就是有效活用食材的原味，那么只有把能利用的部分全部利用，才配称之为料理，制作者才有资格被称作料理人。”

我欣赏老顽童似的鲁山人，也喜欢茶泡饭，喜欢的程度甚至超过山珍海味！在“嗑米”时我设计过几款茶泡饭，也尝试过用中国茶与中国食材来设计中式茶泡饭，但是心里最珍爱的还是简单的煎茶泡饭，搭配两款小咸菜，再煎一小块咸鱼。素朴清雅的本真之味，始终是我的终极追求！

印度十三香

咖喱几乎是全世界对印度风味的第一印象！但是大多数人并不了解，究竟什么是咖喱。

一般我们知道印度的黄咖喱、红咖喱，顶多加上泰国的绿咖喱。可是到了印度——咖喱的故乡，却很少看到“咖喱”这个名词，我曾经在德里的超市里找咖喱粉，想带点正宗的印度咖喱粉回国，怎奈踏遍整个超市，就是找不到咖喱，这究竟是怎么一回事？询问之后才知道，印度人一般不叫它咖喱，而是称之为马萨拉（全称为葛拉姆马萨拉）；这下终于找到了，满满一大货架，各式各样的马萨拉，令我眼花缭乱，无从下手。

虽然它应该叫马萨拉，但是，既然大家都叫它咖喱，那我们也“从众”吧！

“咖喱”这个词来自泰米尔语，这个名称在欧美被广泛使用，几乎任何加有香料、酱汁的南亚和东南亚风味菜肴都被叫作咖喱。其实这是个不严密的泛称，主要是在英国殖民印度时期，英国人对它的称呼。

18世纪，码头上的印度小贩将事先调配好的综合香料包卖给即将回国的英国士兵。小贩背着麻布袋，手里举着香料包，沿着码头叫卖："咖喱！咖喱！"于是英国士兵就以为这种调味料，以及使用这种调味料的菜肴叫作咖喱。没想到咖喱在西方世界广受欢迎，于是咖喱就成为同类风味菜肴的总称，所有包含大蒜、洋葱、姜黄、辣椒、茴香、丁香等综合香料烹煮的菜肴都被称为咖喱。

咖喱是英国人的误会，但已经传遍世界、广为人知。其实不管是"咖喱"还是"马萨拉"，都是综合香辛料的通称，所以我戏称它为"印度十三香"。

印度咖喱以姜黄为主料，加上丁香、小茴香、芫荽子、芥末子和辣椒等多种香辛料调配；由于用料重，所以正宗的印度咖喱风味强烈、口感浓郁、层次感极佳，用来烹调各种肉类、海鲜、蔬菜，不仅散发出意想不到的诱人香味，并且刺激食欲，特别开胃。以前我就喜欢咖喱，不过直到最近，在家闷得胃口全无，才真正感受到咖喱开胃、促进食欲的威力！特别是重口的红咖喱！

咖喱就是综合香料，本身并没有固定配方，但是因为地区、城市、食材、烹调方式的差异，也形成了几种基本配方，并且拥有不同名字。例如，印度东岸的马德拉斯，也就是今天的钦奈，当地风味就称为“马德拉斯”；流行在印度西岸果阿一带的名为“文达鲁”。此外，针对不同食材，如烹调鸡肉、羊肉、蔬菜、海鲜等，也各有不同配方。

咖喱之于印度人，就像中国人的五香粉、十三香粉。不仅普遍使用，市场上也买得到不少知名品牌。但是家家户户都有传承的特殊配方，就像咱们炖红烧肉，“炖肉人人会做，各有巧妙不同”。在新加坡工作的时候，有一次跟印度裔朋友聊起咖喱，被他发现，我对咖喱真的是一知半解。过了没多久，他邀请我到他家吃饭，不仅尝尝他母亲自制的咖喱，还让我看看传统印度人家怎么做咖喱！

我站在厨房一角，穿着传统纱丽服、头发灰白的印度老太太从柜子里拿出一个铁制饼干盒，盒子里摆满了瓶瓶罐罐，只见她东抓一把，西捏一点，放到研钵里，仔细捣碎，又装进布口袋，扎紧袋口，再放进煮着羊肉的锅里；现磨的香料当然香味浓郁，跟市场上的现成香料包有天壤之别！用餐时我问老太太，关于她的咖喱配方，她告诉我，有几种基础香料必不可少，其他的则看当时的灵感调配！原来这才是印度人家里的咖喱真面目——一种“天启”香料！

咖喱强调的是随心所欲的个人创意，配制、烹调的秘诀在于香料的搭配与烹调次序。正因为没有固定配方，即使同一地区，不同厨师调配的咖喱也各有独到之处。风格、味道丰富多样，这种特性反而令许多印度料理得以跻身世界级美食之列。

除了印度，咖喱传布到亚洲各国之后，又出现了许多延伸品种，比方说泰国咖喱加入香茅、鱼露等，口味较为清爽；马来西亚咖喱加入芭蕉叶、椰浆等，口味较为温和；日本咖喱加入苹果泥，口味偏甜。

除了印度咖喱，我认为最突出的是泰式绿咖喱，因为不用姜黄，并加入了芫荽、青辣椒和青柠皮等香料，所以咖喱呈淡绿色，清香扑鼻，口味还是辣，但是辣得清爽。我觉得这是泰国最具特色的咖喱，美中不足的是绿咖喱只适合味道清淡的白肉，鸡肉特别合适，白肉鱼勉强能用，却与牛羊肉完全无缘。

一般而言，市场上常见的都是黄咖喱，而且大多数是较为清淡、偏甜的日式黄咖喱，除非您到印度餐厅用餐，不然很少见到红咖喱；绿咖喱则只有在泰式餐厅才吃得到。想自己调配咖喱问题也不大，大多数香料都买得到，但是调出来的味道如何？就得反复试验、品尝。我比较懒，市场上有各种咖喱块、咖喱酱，连绿咖喱都买得到。自己吃，我会用这些现成调味料，在食材与烹调方法正确的前提下，烹调方便快速，味道也不错。不过，我还会准备一瓶正宗印度咖喱粉，用来增强风味！您不妨试试。